よみがえる沖縄風景詩

随筆と水彩画

ローゼル川田

目次

「よみがえる沖縄風景詩」序文

又吉栄喜

新聞には毎日というほど世界の魑魅魍魎な事件が載っている。胸が締め付けられる。悲観的にもなる。ローゼル川田さんの文と画は新聞に連載中からどこか光明が差していた。

序章の「想思樹並木の一高女と女子師範」から美しい沖縄の風景や人々がよみがえってくる。

私事だが、大正十一年（弁ヶ嶽の）鳥堀町生まれの母も文中の「女学生」と同年のころ、首里バスの車掌をしていた。よく女学生も乗車した。制服に、革鞄を前に提げ、「次は崇元寺《そうげんじ》でございます。お降りの方はお知らせ願います」などと声を張り上げたという。

ローゼル川田さんは今の場所を逍遥しながら過去を省察する。風景や人々が二重写しになり、深い世界が広がり、読者のイメージが立ち上る。

象徴的に網羅された琉球、沖縄の人々や風景が一言一句丁寧な文と、写実的だが、どことなく童画風でもあり、どこか郷愁を誘う絵の中に屹立する。「無口なものこそ雄弁だ」（『「廃墟」から見る風景』）というキーワードの上に琉球、沖縄の全体像が載っているのだろうか。「ありし風景」から私たちは「行く末を考える」。

いくら呼んでも声が届かない人々や風景をしみじみと深く、あたかもひめゆり学徒隊（「女学生歌うローレライ」）の声を届けるかのごとく読者の魂に届ける。「基地の島」「戦跡の島」「癒しの島」などとよく言われる。この本はこのような広く知れ渡っている概念をさらに練り、一風変わった陰影を与えている。時をまたぎ、空間を超え、琉球、沖縄の世界に読者を誘う、最良のガイドブックにもなっている。

巨大な建造物などを造り、人を驚かすのではなく、気宇壮大な精神が人を感動させている。

小さいものに精緻な美や力を見出している。またほんとうに小さい風景に種々様々なものが詰まっている。

このような琉球、沖縄の人々のニュアンスがこの本には漂っている。

過酷な戦後の復興に生きる人々の生命力も顕現している（「闇市が発展、迷宮都市に」や「激動見守った観光拠点」）。この生命力は世界に羽ばたいている。

（「移民100年、苦難のロマン」など）。このような生命力の礎には祈りがあるように思える。

「人々はテダ（太陽）をなによりも崇めてきた。海のかなたの理想郷と、ニライカナイ信仰が育まれてきた悠久の歴史は生き続けている」（「海の彼方の理想郷　東の太陽」）。

「1816年に来航したバジル・ホールは1818年に、朝鮮西海岸と大琉球島探検航海記を出版している」（「ベッテルハイム考」）。ホールと会見したナポレオンは「この世に武器を持たない国が本当にあるのか」と驚愕したという。

この本は多くの人を沖縄、琉球（の平和）にやさしく手を取るように案内すると思われる。

相思樹並木の一高女と女子師範
――ひめゆり学徒隊

　ゆいレールの安里《あさと》駅前、安里十字路の南東側に広がる栄町は、戦後の復興期に伴い、市場や歓楽街、映画館、学校が混在する街区となった。庶民の台所としての市場は、その近隣はもとより、広範囲の商圏を抱え「栄町ロータリー」は栄町のシンボルの呼称となり親しまれた。

　北側の天久地区一帯は1953（昭和28）年に米軍の強制収用開始により「牧港住宅地区」になり、基地内のガジュマルさえオシャレに見えた。

　安里村には、大正時代の前半に建てられた「沖縄師範学校女子部」と「沖縄県立第一高等女学校（一高女）」が戦中まであった。教官には著名な方も多く、沖縄の芸術・文化に多大な功績を残した鎌倉芳太郎、元県知事の屋良朝苗、赤瓦の画家として知られる大嶺政寛らがいた。戦後、沖縄の教育行政に力を注いだ言語学者の仲宗根政善は一高女に赴任し、「ひめゆり学徒隊」の引率教官として悲惨な体験をした。同時代に同校の学生たちで構成された「ひめゆり学徒隊」は沖縄戦の作業班として働き、多くの犠牲者を出した。

　満開の「イッペー」の黄色い花を見ていると、戦争で姿を消した「一高女」と「女子師範学校」の正門に至るまでの道を彩る、相思樹《そうしじゅ》並木の黄色一色の花のトンネルが、夢うつつに立ちのぼってくる。

　うりずんのあと、黄色い花が女学生たちを染め上げる季節が訪れる。ひめゆり通りを通る軽便鉄道（那覇〜嘉手納線）の安里駅は、那覇（通堂）から首里へ向かう路面電車（沖縄電気軌道）の女学校前駅と交差する交通の要でもあった。

　汽車や電車から乗り降りする賑やかな女学生たちの笑い声。おかっぱ、かり上げ、おさげ髪が同じ方向に歩いて行く。久茂地《くもじ》から牧志を経て崇元寺まで来ると学生の姿が目立つ。首里方面は県立第一中学校、沖縄県師範学校、県立工業学校、県立女子工芸学校、そして一高女、女子師範学校の通学生で賑わっている。女学生たちは談笑しながら闊歩し、男子学生はこじんまりと歩いている。

　デイゴの花が赤いので、女学生の後ろを歩き始める。一高女、女子師範の学校に近づいてきたので、しばらく佇む。女学生の笑い声が相思樹並木のトンネルに吸い込まれるように遠ざかった。

　下校時まで安里駅周辺で過ごしてみる。安里川の清流は水草を浮かべ、水汲みをしたり、手足を洗う女学生たちの姿が見える。蓮池の傍に佇むと、どこからともなく聴こえてくる「ローレライ」。休み時間には運動場が賑やかになる。芭蕉の葉が大きく揺れ、時を前後して元禄袖に袴、革靴に下駄、時を経てセーラー服の姿も見える。他府県から赴任している先生方のお国訛《なま》りが飛び交い、その後は静寂な授業風景となる。

　下校時には再び、相思樹並木の黄色いトンネルが賑やかになる。夕方6時門限の寮に駆け込む生徒の姿。嘉手納線の汽笛と路面電車の音が共鳴し、人力車やバスが通り過ぎていく。日暮れ時の相思樹並木、女学生たちが通り過ぎた後を、男子学生たちが意図的に大きく息を吸いながら遠慮深げに歩き去ると涼風が舞い、ほのかな思いが風に消えた。

〽目に親し　相思樹並木
往きかえり　去りがたけれど
夢のごと　疾《と》き年月の
行きにけん　あとぞくやしき

　太田博（陸軍少尉、福島県出身）作詞、東風平《こちんだ》恵位《けいい》（女子師範音楽教員）の作曲である。

「相思樹の歌」を歌う女学生たちの合唱が、見えない風にのって聴こえてくる。

名曲を生んだ〝板切れ〟の音楽家

——東風平恵位《こちんだけいい》

『相思樹の歌』を作詞したのは、去る大戦で沖縄に赴任した太田博陸軍少尉であった。

太田氏は学生時代から詩作に励み、詩人・西條八十の詩誌に何度も入選するほどだったという。昭和19年に高射砲隊の小隊長として赴任し、沖縄師範学校女子部と沖縄県立第一高等女学校（ひめゆり学徒隊）の陣地構築の指揮を務めた。その際、女学生らと交流した氏は、学校の印象や彼女らに思いを寄せて、卒業式のはなむけにと『相思樹の歌』を作詞して贈った。その後、20年6月に戦死したとされる。

この歌詞に曲をつけた東風平恵位は、東京音楽学校（現・東京藝術大学）を卒業し、沖縄師範学校女子部に赴任した。そして『相思樹の歌』の歌詞の意味をくみ取り、女学校の卒業式に間に合うように作曲して、女学生たちと練習を重ね完成させたのである。ところが、その後、女学生は学徒隊として動員され、陸軍の外科陣地壕に配属された。東風平氏は学徒隊の引率の任務にあたったが、学徒隊に解散命令が出された後、一部の学徒隊と共に戦死した。

現在の那覇市栄町の辺り、大きな道から沖縄師範学校女子部と沖縄県立第一高等女学校の校門に至るまでの約100メートルの沿道には、相思樹の並木が緑陰をつくった。5月頃には黄色い花が咲き乱れ、花のトンネルとなって女学生や教師、職員を包み込んだ。東風平はブラスバンド部の指導も務めた。東京音楽学校時代はピアノを専攻したが、美声の持ち主でもあった。

教室での最後の曲となったベートーベンの『月光』が聴こえてくると、東風平恵位の少年時代の風景が夢うつつに現れてくる。

1921（大正10）年、宮古島の平良《ひらら》町西里（当時）で生まれた東風平恵位。生家は宮古上布《みやこじょうふ》の織り工場を営んでいた。西里辺りは馬車や自転車が往来し、小さな店が並んでいる。周辺はサトウキビ畑と原野、そして海原。少年たちは澄み切った海辺で遊び回っている。

軒先の方から音がしたので近づいてみると、小学生の東風平少年が何やら板の台を叩いている。覗き見すると、ピアノの鍵盤が描かれた紙が板切れの上に貼られている。板と紙の鍵盤を弾《たた》いても板の音しか出ないが、少年の口からは軽やかな音楽が流れだして来た。板切れのピアノだった。

日本本土では、西洋音楽（クラシック音楽）が華やかになりし頃。音楽学校を目指す子どもたちには、幼い頃からピアノは身近にあった。音楽教育が家庭にも普及していた時代である。

那覇でさえ未開の時代。宮古島に1台しかない小学校のピアノを、少年は窓から覗いていた。音楽の先生は少年の卓越した能力を見抜き、消灯後、ピアノ教室のカギを少年に預けた。少年は喜び勇んでローソクを持ち込み、その灯でピアノの練習に勤しんだ。雨だれの音や自然界のさまざまな音を聴き分ける絶対音感を備えていた。民謡と三線が流れる島の草原に、少年が奏でるピアノの音と、透き通るような美声が織り重なっていった。

いつしか少年は、難関の東京音楽学校を目指すようになる。家族はどうせ受からないことを予測してノンビリ。しかし親の期待を裏切って、一回で合格したのである。

同校の偉大なる先輩には『荒城の月』の滝廉太郎や『赤とんぼ』の山田耕筰が、そして同世代には團伊玖磨、芥川也寸志、黛敏郎らがいる。東風平恵位は、日本の音楽界に多大な功績と名曲を残した人たちと名を連ねたことになる。

戦時中、東風平恵位がたった一曲作曲した『相思樹の歌』を何度も聴いている。70年の時を経た今も透明感に溢れ、普遍的な広がりを感じさせる名曲である。

相思樹の歌
東風平恵位
昭和19年
2016.4.

女学生歌うローレライ
——那覇の川

橋にさしかかると立ち止まり、欄干から川の流れを見る。魚やほかの生物を探す。那覇市内を流れる安里川の起点は金城ダムの上流の弁ヶ嶽辺りから寒川、繁多川、松川、大道、安里の国際通りを潜り抜けて流れていく。

金城ダムの近くは琉球王朝時代を偲《しの》ばせる金城橋があり、碑文に記されている。その下流に小さな寒川前原橋があり、川沿いに遅咲きの桜の木が一本、最近まで咲いていた。花が川面に映り桜雨で川面に浮かぶ。幼年期に意味も解さず丸暗記した百人一首の和歌の一つを思い出す。

〝もろともにあはれと思へ山桜
花よりほかに　知る人もなし〟

和歌の心には届かないが、こちらが花を見て思うように、花も思って下さいよ……と、つぶやきながら、遅咲き桜の側を通り過ぎる。

真嘉比川安里川が合流する辺りには指帰橋《さしかえしばし》と茶湯崎橋《ちゃなざきばし》がある。歴史を感じさせる二つの橋は琉球王国時代にさかのぼる。その時代の政治家蔡温は「独物語《ひとりものがたり》」の著作の中で「茶湯崎に湊を造れば、交通の利便性が良くなり、商船が往来でき、この地で交易が出来、首里に住む人々の生活も良くなる」（原漢文）と記している。舟が指返したと伝わる指帰橋も、現在地ではなく、少し離れていたとされる。

松川橋から大道橋へと川幅も広くなる。大道小学校の近くにある練兵橋から川面をのぞくと黒い魚の群れが泳いでいる。テレピア？　コイ？　暗《あん》渠《きょ》から流れ出る水が安里川と合流し、せせらぎの音が響きあう。橋の近くには大道小学校があり、去る大戦まで「ひめゆり学徒隊」で知られる沖縄県立第一高等女学校（一高女）と沖縄師範学校（女子部）があった。（現在の栄町市場や栄町りうぼう店一帯）。

今昔変わらず、大道小学校と真和志中学校の間を真っすぐ延びる道。その道の途中には練兵橋があり、さらに真っすぐ進むと突き当たり、その向こうの小高い丘には松川小学校（佐久間森跡地）がある。約600メートル余の直線道路は今に歴史の面影を残している。

その練兵橋の名前の由来は、「琉球処分」（沖縄県設置）の際に、沖縄に派遣された熊本鎮台沖縄分遣隊の練兵場・射的場跡地の名残である。佐久間森は標的を設置した射撃訓練の丘だった。分遣隊派遣終了（1896年）後、射的場の丘は在郷軍人等の演習場になったが、演習がない時には、近くの一高女・女子師範の女学生たちの憩いの場にもなり「ローレライ」と呼んで親しまれていたらしい。〝なじかは知らねど〜〟で始まる「ローレライ」の歌、その時代には「ゴンドラの唄」「湖畔の宿」「相思樹の歌（別れの曲）」さらに「海ゆかば」「同期の桜」の軍国歌謡など。

ローレライの丘は一高女・女子師範の女学生たちに数十年間も親しまれてきた。ドイツの詩人ハイネの訳詩に作曲家ジルヒャーの原曲「ローレライ」にちなんで名付けたのであろう。丘の上から女学生たちの歌声が安里川のサバニの舟人に聞こえてきそうである。「ライン川のローレライ」と「安里川のローレライ」の夢を紡いだ女学生の想いが伝わってくる。

1945年4月1日、沖縄本島にアメリカ軍が上陸。「ひめゆり学徒隊」となった女学生たちや多くの人々が犠牲になり、一高女・女子師範の校舎も灰燼《かいじん》に帰した。

……入日に山々はあかくはゆる
うるわしおとめのいわおに立ちて……
……神怪《くすし》き魔力《ちから》に魂《たま》もまよふ……

ライン川沿いのローレライの岩には精霊が宿り木霊が聞こえるという。安里川の練兵橋のたもとに立つと、暗渠になった川のせせらぎに混じってローレライの歌が聞こえてくる。

Die Roreley Sung by
2020.3

犠牲者の生に思いを重ね

——対馬丸《つしままる》75年

夕焼けの那覇港の埠頭《ふとう》を徘徊《はいかい》していると、その年に初めての赤とんぼを見た。

大陸から風に乗って飛来してきたのであろうか？　渡りトンボのウスバキトンボなのだろうか？

過日、若狭の慰霊塔「小桜の塔」で対馬丸撃沈75年慰霊祭が開かれ参列した。起伏のある屋外の会場には対馬丸の生存者や遺族、関係者の方々の姿があった。正午前の熱い木洩れ日が参列者の肩を揺らしているように見えた。静寂な時が強く流れて過ぎていく。

あの日から75年目のこの日であり、今日から75年前のあの日である。

１９４４年８月21日夕刻、学童疎開船の対馬丸は国民学校の学童や教員、疎開者の家族、１７８８人を乗せて九州の長崎に向けて出港した。

対馬丸、暁空丸《ぎょうくうまる》に護衛艦の宇治、蓮が船団を編成した。

戦時中の政府による疎開政策は生き延びる希望の選択肢でもあった。

荒波の中の航海、ぎゅうぎゅう詰めの蒸し風呂のような船内。

それでも希望の航海であった。

出港の翌日、28時間前後の夜10時過ぎに対馬丸は米潜水艦ボーフィン号の魚雷攻撃により撃沈。10分余で沈没。船内に閉じ込められたまま海に沈んだ多くの犠牲者、海上での犠牲者に思いを偲ばせた生存者の一人である対馬丸記念会の高良政勝理事長の真正面を見つめたあいさつが沈没現場のトカラ列島、悪石島近海まで届く。

１７８８人の乗船者のうち１４８４人が犠牲になった。救命艇、いかだ、救命浮器、海中飛び込みで数日間も灼熱《しゃくねつ》の荒海を漂流して体力の限界を超えて幸運にも助かった３００人余の方々も高齢になった。

悲惨さ悲しさ、希望や喜びさまざまな思いが脳裏に浮かびさ迷い沈殿していく。

私は戦後生まれの団塊世代である。戦争を知らない。すでに那覇の街は復興期で、映画館もあった。

「対馬丸記念館」が開館して15年になる。私はその当時に「対馬丸建設検討委員会」のプロジェクトメンバーの一人として基本構想に携わっていた。生存者や遺族の方々で構成される実行委員会であった。関係者たちの思いの深さに圧倒されそうになりながら、業務を遂行した。

今を生きている自分自身がいる。犠牲者となって亡くなった学童たちの写真が館内空間の壁面に展示されている。おのおのの表情で生き生きとしている。自分自身の少年時代を思い浮かべながらその写真に重ねてみる。年代は違っても「学童」という時代が時を超えタイムスリップしてくる。野山や海辺、路地で遊び回るシーンが浮かんでくる。展示された写真たちが壁面から飛び出して自由に駆け回っている。家や教室、運動場にいる様子も。

生き残った方々、現在を生きている人たちと共に体験をしなかった私も今を生きている。さまざまな思いが駆け巡る。対馬丸で犠牲になった少年少女の学童たち、幼い子たち、大人たち。

希望の疎開は残酷で悲しい出来事だった。犠牲者の方々は残された人たちや今を生きる人たちに何を語り掛けているのだろうか？　戦争がなかったら、彼らや彼女たちは、私たちの学童時代と同じように喜びや苦しみ、悲しみの共通性を持ちながら生を謳歌《おうか》していた。写真のいたいけな表情は私たちに素直に命の尊さを語り掛けているような気がする。

館内の学童たちの表情にぬくもりを感じるのは、そのような思いになるから。「対馬丸記念館」の空間が時を超えていつまでも。

2019. 8.22. Roselle. K

海の彼方の理想郷　東の太陽 ——斎場御嶽《せーふぁーうたき》　久高島

山のない広大な草原を眺めながら、パノラマの大地と空の広さを体感した。「清々しい気分」と感想を述べた途端、「私たちの国・リトアニアでは、この広い地平線の彼方から戦争がやって来たのです」。続けて「山のない広い平野は隠れる場所がなく、地平線は恐怖の景色だった」。リトアニア人は、その場に立ってそう言った。

地平線や水平線の彼方から、幸せだけがやって来るのではない。この小さな私たちの島々の歴史を振り返っても頷けることであった。沖縄の水平線のパノラマ同様に、リトアニアの地平線のパノラマも絶景であった。しかしながら、美しい風景に染み込んだ恐怖や残虐性、悲しさ嬉しさ、希望や祈り。

那覇市街から東の方に行くと知念岬の海辺に着く。ほぼ180度の広い角度で見渡せる大海原が輝いている。さらに東の方には久高島があり、水平線が空と海を分けている。世界遺産の斎場御嶽が、厳かに島を望んでいる。朝日も月も、水平線の彼方から昇って来る。宝石を散りばめたような星空の輝きがうっすらとした空色になるころ、東の空がなんじゃ色に明るさを増してくる。

帯のような横長の雲が色づき始め、紫の横雲がオレンジ色の太陽の頭をスローモーションで押し上げていく。水平線はにわかに明るくなり始め、辺りは朝のやわらかな日差しに包まれる。新しい太陽と新鮮な光と海風が辺り一面に広がる。

沖縄が琉球王国だった遠い昔から、古代の人々が見てきた風景は今も続いている。そして未来も続いている。「おもろさうし」にもあるように、人々は「テダ（太陽）」をなによりも崇めてきた。海のかなたの理想郷と、ニライ・カナイ信仰が育まれてきた悠久の歴史は生き続けている。

昼間の太陽の恵みを受けて、太陽は西の夕日となり夕焼けをつくって西の地平線や水平線に沈む。太陽は地中の「テダが穴（太陽の穴）」を通路のように通り抜ける。その太陽は新しい太陽となって、再び東の空から登場するのである。「ニライ」は太陽神の居場所なのか来世のミライなのか、神秘の世界観が広がる。「アマミキヨ・シネリキヨ」は天上界の神の子として降臨し、琉球の天地開闢と、稲作をもたらした。

東の海の彼方にある理想郷。海辺のあらゆる場所から眺める海上の小島は、神の居るところと聞いたことがある。折口信夫の『琉球の宗教』をめくってみたら、「御嶽《うたき》・拝所《うがんじゅ》」の観念は遥拝にあり、神の降臨地を遥拝する思想が人に移り、香炉に移って、現代につながる。海の彼方の楽土とニライ・カナイ。

琉球王朝文化は、天からくる天神と海からくる海神を分けたと聞いたことがある。そして「自然崇拝の場所」。私たちの小さな島々には、想像もつかない輝きが星のように散りばめられている。

ある日、山道ですれ違う車を避けようとして、スローモーションで横転してしまった車に出会ったことがある。運転手は這い出ようとするがドアが開かない。とうとう後部のトランク窓から引きずり出された。擦り傷だけで済んだようだった。

助けたうちの一人が「マブイを落としたはずだから、マブイ籠めしてあげよう」と言い、直ちにマブイ籠めの儀式を執り行い、滞りなく現場を退散。そういえば、幼い頃、木から落ちたりして、結構マブイ籠めをやられたり、やっている子どもも大人も多く、マブイワールドだった。私たちの身体と霊魂は「不離不即」ではなく、マブイは自由に離脱するのだと分かった。何だか柔軟性に満ちていい感じ。

それにしても、朝日は清々しく気持ちが良い。風景の中に見える全てが瑞々しく開花する。

2016.1

創世神が降臨した場所 ——ヤハラヅカサ

玉城城跡から眺める東の海には久高島、コマカ島、西側に奥武島が視界に入る。

ゴホウラ貝に似た城門から東側の海辺には「ヤハラヅカサ」「浜川御嶽」が見え、西側の奥武島には「龍宮神」が見える。おぼろげに海原を見つめていると、見えない三角形の軸線が浮かび上がってくる。

城跡を基点に「ヤハラヅカサ」「浜川御嶽」と「奥武島」を線上で結んでみると、ほぼ直角二等辺三角形になっていた。

悠久の歴史と幾何学的形状が重なり、地図上で線を引いてみた。

「人は線を引きたがる生き物」だと独り言になる。

国道331号から百名ビーチに向かって坂道を下って行くとビーチの背後にアマミキヨの道が砂浜とほぼ平行に走っている。東方向に歩くと「浜川御嶽」の聖域の入り口があり、右に曲がると海辺の砂浜が水平線と平行に左右にのびている。正面には海原を背景に小さな自然石の「ヤハラヅカサ」の石碑がポツンと存在している。

はるか昔のこと、ニライカナイの楽土から琉球の創世神アマミキヨが本島に第一歩を記した場所である。干潮時には石碑が現れ、満潮時には海中になり見えなくなる。

石灰岩の岩の隙間の石道を少し進むと『浜川御嶽』に着く。樹木が広場を包み込むように緑陰が揺れている。ひと気がないので、身体の軸を垂直にして右や左に回転して踊ってみる。樹木も回転している。

さらに少し上がった場所に御嶽の祠《ほこら》があり、近くには湧水がある。野面積みの石垣の一ヶ所から清水が流れ出、樋《とい》が口を開けている。アマミキヨがしばらく居住した場所と伝えられている。数ヶ所の拝所を気に留めたあと、気が付くと陽はとっくに暮れて半分の月が頭上にあった。

潮風を左側に感じながら少し歩いていると、潮騒に混じって右側の森からせせらぎの音が聴こえてくる。田んぼの畦道《あぜみち》のような小路を進んで行く。

『琉球国由来記』にも記されている稲作発祥の地「受水走水《うきんじゅはいんじゅ》」に突き当たる。アマミキヨがニライカナイから携えてきた稲の種子を左側の奥の水田「御穂田《みふーだ》」に植えられたといわれる。一方、稲穂をくわえた鶴が落とした種子が発芽して移植した水田との伝説もある。今でも旧正の初丑の日には「親田御願《うえーだうぐわん》」の田植えの行事が行われている。

北西の百名の集落を見上げながらつづら折りの上り坂を上って行く。道行きの途中、おなかが空いてきたので、物音がする民家に入った。老婦人が井戸の側にいたので「坂道のせいでおなかが空いた」のだと言うと、スーチキージシとご飯を出してくれた。稲作の発祥地の米は極上で、スーチキージシはちょうど、旧暦20日正月の去年の食べじまいだった。1年間の熟成の珍味。甕を洗って、新しいスーチキージシを作るのだという。

王府祭祀《さいし》の聖地でもある知念・玉城は、島尻方に属し、「首里三平等《みひら》」の三つの行政区の一つ、真壁殿内の管轄区である。

三平等には「首里、儀保、真壁大あむしられ」の神女組織があり、首里殿内、儀保殿内、真壁殿内に居住していた。王府時代以前の昔からあった島々の祭祀は、女性が担う豊かな宗教文化であったし、自然とひとつの健やかさを思う。

明治政府の「琉球処分」により首里城を明け渡した王府は長い歴史に幕を下ろした。尚泰王も東京へ連行され、三平等も首里王府も女性の組織もはるかかなたへ旅立たせた。最近、友人が「ミントングスクの近くにあった実家は、真壁殿内を移築した家だった」と語った。その一言を思い出し、見えない組織は見えないチムグクルに支えられてきたのだと思う。

2021.2

石灰岩の水脈を生きる

——首里城の「ゲニウス・ロキ」

首里城内外では人々の動きが忙しくなり出してきた。今年1710年は徳川家宣将軍襲職《しゅうしょく》を祝う「慶賀使《けいがし》」と尚益王の琉球国王即位の「謝恩使《しゃおんし》」を送る江戸上りの年である。

ところが前年の1709年に首里城は3度目の火災に遭い、琉球国は意気消沈の翌年でもあった。

そのような状況下で、江戸上りに選ばれた一行は日々その準備に追われていた。慶賀使は正使の美里《みさと》王子を筆頭に、与力を務めるのは、のちの踊奉行で、組踊の創設者として語り継がれる玉城《たまぐすく》親雲上《ぺーくみー》朝薫《ちょうくん》（26歳）である。「執心鐘入《しゅうしんかねいり》」「銘苅子《めかるし》」「二《に》童敵討《どうてきうち》」などの組踊を創作する。他には、優れた書家でもあった書記官の屋富祖《やふそ》親雲上仲辰（23歳）もその中の一人だった。

謝恩使は豊見城王子。今年は「慶賀使」と「謝恩使」が重なり、江戸上り最大の総勢168人に上った。

和文学者で『苔の下』や組踊の『手水の縁』の作者とされる平敷屋《へしきや》朝敏《ちょうびん》も1714、18年に楽童子《がくどうじ》として江戸上りに随行した。

その時代、中国への琉球使節の回数は江戸上りをはるかに超えていた。

交易時代の琉球は薩摩藩の管理下にあり、徳川幕藩体制の支配下に組み込まれた。琉球の島々は長い間、重税と賦役に苦しみ、庶民の苦しみはその因果関係による圧政の歴史でもある。

7月2日、島津を経由して江戸まで約2千キロの旅の始まり。首里城を出発し松風そよぐ大道松原《うふどうまつばら》を下りて行く。別れを惜しむ一行の家族が崇元寺《そうげんじ》から長虹堤《ちょうこうてい》を通り過ぎて那覇港までの道行きを共にする。セミの合唱が朝露を溶かしていく。

船はトカラ列島を編み込むように薩摩の山川港へ到着。薩摩藩の藩主島津吉貴一行と合流し、薩摩の関船に乗り換えると関門海峡から瀬戸内海へ入り大坂へ到着。薩摩藩の蔵屋敷で「江戸上り」の支度をすると、伏見からは行列の旅となる。楽童子や路次楽《ろじがく》が道行を華やかに染めていく。

江戸城内外では、宴が催され、そこは数々の儀式や献上物の披露、文化交流の場ともなる。その中には関白・太政大臣で博学多才の近衛家熙《このえいえひろ》の姿もあった。朝廷一の書家であり、詩歌、茶、華道にも精通。玉城朝薫らも諸芸能を披露。右筆（書記官）の屋富祖仲辰も近衛家熙太政大臣に一筆献上したところ、扇子を下賜《かし》された（那覇市歴史博物館資料）。

琉球では書記官クラスでも文筆に優れているという認識が朝廷や幕府内に広まり「琉球国之誉与成候」と薩摩役人を通して琉球王府に報告された。

2019年10月31日の丑三つ時、秋の鎌月（上弦）の深夜に首里城が燃え上がった。夜空を焦がすように火柱となって焼失していった。シンボルとしても親しまれた城が焼けた。あまりにも突然の出来事に悲しみも乾燥したまま。せめてもの救いは、一人の犠牲者も出さなかったことである。正殿、北殿、南殿、書院など7棟が被害を受けた。

令和元年には「首里城祭」の組踊300周年記念式典も予定されていた。

想起するのは「ゲニウス・ロキ」のことである。事物に付随する守護の霊の「ゲニウス」。場所と土地の「ロキ」。まず、沖縄という「場所と地霊」を自ら掘り下げて思いを深める。注目され続ける言語である。建築物をはじめ事物と一体化する心は、おのおのの土地特有のものであり、その内部の精神から表出され、プロセスやシステムを包括するのだと考える。そのプロセスとして、去る大戦の「第32軍司令部壕《ごう》」があることも。

琉球石灰岩の城壁は垂直の時間を永久に生き続ける。島々の石灰岩も水脈も絶えることなく湧きでる。小さな地平線と広大な水平線を見つめる島々。イノーの澪《みお》を越えて。

2013.4.3. Rosello K

首里城・伝統文化と外交の殿堂

——御茶屋御殿《うちゃやうどぅん》

２０１９年の10月31日に首里城が焼失したその後に、首里城の『ゲニウス・ロキ』と題し、本書の18頁にも記した。１７０９年に首里城は3度目の火災に遭いながらも、翌年の１７１０年には、徳川家宣将軍襲職を祝う「慶賀使」と尚益王の国王即位の「謝恩使」を送る江戸上りが実施された。

近衛太政大臣に屋富祖親雲上《やふそぺーちん》が一筆献上したところ、琉球では書記官クラスでも文筆に優れているという認識が朝廷や幕府内に広まり「琉球国之誉与成候」と扇子を下賜され、薩摩役人を通して琉球王府に報告されたとある。私の祖先でもある董氏の家譜の中に１７１０年当時の江戸上りのひとコマが記されていた（池宮正治著『琉球史文化論』など那覇市歴史博物館資料）。

首里城の4度目の火災は、75年前の沖縄戦である。識名園よりも早期に、国王の別邸として、遊覧や国賓の歓待などを目的に１６７７年に創建された「御茶屋御殿《うちゃやうどぅん》」も焼失して灰燼《かいじん》に帰した。

首里城とともに焼失した御茶屋御殿。その長年にわたる「御茶屋御殿復元期成会準備委員会」の活動を始めに、多くの人々が復元を待ち望んでいる。故宮里朝光氏の資料によると、最初の茶室のある御茶屋御殿は薩摩の在番奉行の接待を目的に建てられ、後に「御数寄座」に改称されたという。１６８２年にも冊封使接待を目的に御茶屋御殿が建てられ、苑内には2棟の御殿があったとされる。

御殿は、詩歌、管弦、茶道、華道、唐手、囲碁、書、組踊、諸芸能文化を表出する殿堂でもあった。

１９３０年には首里城正殿の改修工事とともに御茶屋御殿も改修されたが、「御数寄座」は撤去されたという。昭和初期には国宝の候補にもなった。今回描いた御茶屋御殿の水彩画は、その当時の文部技官として尽力した阪田良之進やその他の古い写真資料を参照にして描いたものである。

当蔵町にある首里教会堂（日本キリスト教団首里協会の「旧会堂塔屋」）は去る大戦で傷だらけになりながら建ち残った。戦争があったことも知らなかった幼年期の頃、教会堂の庭のガジュマルの枝にぶら下がって遊んでいた。

東苑と呼ばれた崎山の御茶屋御殿苑内の跡地には、戦後カトリック首里教会堂が建ち、南側の岩壁の近くに西洋風の切り妻屋根をのせて新たな風景になっていた。

聴いたことがない西洋音楽が流れてくることがあり、グレゴリオ聖歌の「キリエ」だった。古代・中世からルネサンス、バロックを経て現代まで１０００年以上の時を超えて歌い継がれていることを知った。

同じように崎山の界隈《かいわい》から聴こえてくる湛水《たんすい》流《りゅう》の「作田節」や「茶屋節」が路地に染み渡っていった。ふたつとも、人の声とは思えぬ声で、どこからともなく降ってくるような厳かな旋律の調べ。ポケットのビー玉を転がしながらチルダイして聴いていた。近くでは、戦禍を生き残った御茶屋御殿の石獅子が微動もせずに聴いている。

湛水流の始祖湛水親方（幸地賢忠《こうちけんちゅう》）は踊奉行を経て、摂政羽地朝秀の没後、御茶道頭に任命され、琉球の音楽を研鑽《けんさん》、楽節の統一を図り琉球古典音楽の基礎を確立したとされる。

その昔、首里城と不離一帯のシステムとして外交の役割や伝統文化を担った歴史ある「御茶屋御殿」。その「物」としての空間を復元することは、琉球文化の不可視な深さをつないでいく民族音楽学の「核音《かくおん》」の存在になると考える。

2015.5.15
Roselle.K.

「廃墟」から見る風景 ——首里教会

戦時下の首里城の地下には日本軍の第32軍司令部壕《ごう》が構築されていた。その後、首里の都も去る沖縄戦で砲弾の嵐にさらされ廃墟と化した。

戦後10年、１９５０年代の半ばの私の幼年期の頃には、木造の街並みと舗装前の緩やかな坂道の埃《ほこり》っぽい道路に緑が点在していた。日曜日になると祖母に連れられ首里教会（日本キリスト教団首里教会）で遊んでいた。道路沿いの石灰岩の高い石垣の脇にはガジュマルの大木がもつれるような枝を四方八方に広げ、大きな緑陰をつくっていた。オルガンの音色に賛美歌の歌声をガジュマルにくっ付いて聴きながら木に登って遊んでいた。

クリスマスの時期になると会堂に入り、かしこまって列に加わり両手を差し出し、クリスマスプレゼントをもらう。自意識が芽生えてくる頃になると段々と恥ずかしくなり、身の置き所が無くなっていった。

よりどころは木登りしかなかった。ヒンヤリした木陰の地べたの感触。中庭を挟んで、立派なコンクリート造の会堂の壁面には規律よく並んだ四角形の窓がある。見上げる空の6角柱の塔の上には十字架がシンボルとなっている。その南側には首里城跡、ハンタン山の大赤木、龍潭……。かつて在った原風景。

時をさかのぼると、第32軍司令部のあった首里は砲弾の嵐にのみ込まれ、地形も変貌する程の廃墟となった。その廃墟の地表に残された建物の骨格と四角い窓、塔の上の十字架、廃墟にたたずむ教会堂が撮影された写真を見た。その時に、戦前（１９３５年）に建てられた教会だと知った。廃墟の地に点在するわずかな枯れ木の側に、骨だけになった教会堂があった。

生き残った人たちは、終戦直後の廃墟の地に戻り、教会堂の塔を目印にわが家の位置を目当てにした方もいたと聞いた。

戦後になり、残存した建物の骨格を礎に修復され、再び完成し、ランドマーク的存在になった。幼年期に親しんだ教会堂は、そのような歴史を語ることもなくオルガンや讃美歌を響かせ、子供たちの遊び場にもなっていた。

時の流れを逆流することは出来ないが、戦前を知る世代は残った建物の残骸の修復として、戦後の世代は新しい建物として、風景の一部として眺めた。確かに、周辺の石垣には弾痕が無数に残り、廃墟にたたずむ骨だらけの教会の建物の写真と重ね合わせることが出来る。

ある著名な作家が「廃墟の永遠回帰……」について語っていたが、『もしも建物が話せたら』という映画のキャッチフレーズに「無口なものこそ雄弁だ」と付け加え、世界の建築物たちが語り始める物語があった。

その建物が時を遡り、まるでリセットするかのように同じフォルムで戦後の風景の一部分になったこと。首里界隈《かいわい》には復元された建造物と戦後の風景が混在する。それらの復元された「物」を通して歴史の周辺に想像を深める現実が「廃墟」の空虚感を充実したものにするはずである。住んでいた人々が居なくなった恐ろしさとそれらの風景を歩むこと。戦後の復興都市は廃墟の風景の声を聞きとるまなざしを持ちえたかは分からないが、人々が生み出した「廃墟」の声に耳を澄ましてみることは、遠い景色を引き寄せ、行く末を考えることでもある。

原稿と水彩画を描き終えた後、現在の教会堂付近の撮影の為《ため》に現地に出向いた。驚いたことに、戦前戦後を生き抜いた古い教会堂の復元工事の途中であった。風景を通して何かが連続し往還する気持ちになった。

2017.4 Roselle R

遠望の浦添城跡《うらそえじょうあと》

——察度王《さっとおう》の物語

浦添城跡から首里城跡までの直線距離は約5キロ未満である。標高約130メートル前後。遠望できる距離にある。

浦添城を居城とした英祖《えいそ》王統、察度《さっと》王統（1260年〜1349年、1350年〜1405年）。英祖王の流れである今帰仁王子は、後の伊覇按司《いはあじ》一世とされる。私の家譜を辿ると伊覇按司一世が大宗と記されていたこともあり、さらに直線距離が近くなった。第二尚《しょうし》氏時代になっても浦添間切りの屋冨祖《やふそ》村の脇地頭になっていた。そのおかげで王府時代の姓は屋冨祖親雲上《やふそぺーちん》として続いていた。そのように考えると、英祖、察度王統、第一尚氏、第二尚氏まで切断され接続された歴史ではなく水脈は連続していたのだと言える。

察度王の代になると、明との交易関係を希望して最初の進貢船を派遣したとされる。長期にわたる、明との交易国家の始まりである。

首里に王城を移した後、明から最初の冊封使節を迎える。後に三山を統一した第一尚氏、第二尚氏の琉球王国時代を迎える。

かつて県立芸術大学付属研究所主催の移動大学講演の一環として「察度王の物語」（脚本・波照間永吉氏）の創作紙芝居の水彩画を描いたことがある。「察度王の物語」の中で、王が腕をハブに嚙《か》まれるシーンがあったが、ハブの生息の歴史は氷河期までさかのぼると言われる。現在から氷河期まで、うろこ雲のように散らかった想像で断崖に立った。

察度王が浦添城から東シナ海を遠望しているイメージを描いた。北の方には残波岬や伊江島、西の方には慶良間諸島まで視界に入れる。「黄金伝説」や「羽衣伝説」など察度王にまつわる逸話は600年余の歴史ロマンでも語り継がれている。

察度王の父親の奥間大親がムイヌカー（森の川）で沐浴《もくよく》していた天女をそっとのぞき見し、心をうばわれ天女の羽衣を隠した後、天女を連れて帰って妻にしたという。

浦添城跡を地形に沿いながら上って行くと「浦添ようどれ」や沖縄学の父「伊波普猷」の墓を左右にしながら頂きに至る。パノラマの眺望は海と陸地を抱え込む。細長い頂きの先端には「ワカリジー（為朝岩）」がある。近くには映画『ハクソー・リッジ』で描かれた去る沖縄戦の日米の激しい戦闘が展開された場所があり、首里へ至る攻防戦では周辺の地元民の多くの命も失われた。ワカリジーは目印のように遠くからも見え、その断崖がついたてのように延びている。

「ハブに注意」の看板があちらこちらにあり、足元だけではなく頭上の木の上にいることもあり、上下に首を振りながら前へと進む。

木立が揺れて涼風で我に返る。

近景には「森の川」や「安波茶橋」。牧港川が牧港に注がれ、多くの樋川も点在する。首里城と各間切りの番所を結んだ宿道が整備され、川の流れやせせらぎの音が歴史の一端を偲《しの》ばせ、今に、悠久の鼓動を響かせている。

時を経て、尚真王の時代に入ると、「首里八景」「中山八景」をはじめ、松並木の植林も盛んになり大掛かりな景観の整備事業が行われる。

点在する高地には歴史上の城跡があり、おのおの、高い視線で結ばれている。その周辺には豊かな樋川や集落がある。

夕焼けが西の海に映え、うろこ雲に映えている。

Roselle K

Roselle K

ベッテルハイム考

——波上の護国寺

１８４６年に来琉し、波上の護国寺に逗留したベッテルハイムは、当時の人々から「ナンミンヌガンチョー(波上の眼鏡)」と呼ばれていたそうだ。昭和の少年たちは、そうとは知らず、眼鏡をかけた友人を相手に「ガンチョー　ヤナ　ガンチョー　チャンナーギーレー(訳　眼鏡《めがね》　ダメな眼鏡　捨てなさい)」と囃して遊んでいた。

　ベッテルハイムは、10年近く琉球に滞在した。以前『かふう』に「バジル・ホール一行の来琉」にまつわる内容を書いたことがある。１８１６年に来航したバジル・ホールは、１８１８年にロンドンで『朝鮮西岸と大琉球島探検航海記』を出版している。

　バーナード・ジャン・ベッテルハイムは、「英海軍軍人琉球伝道会」から琉球に派遣されたキリスト教の宣教師であり医師であった。当時、江戸幕府は鎖国政策をとっており、欧米諸国の文明の黎明期にも疎く、固く閉ざされていた。それにも関わらず、外国艦船はわりと頻繁に琉球の近海に出没していたのだ。

　ベッテルハイムが琉球を訪れた2年前の１８４4年、フランス人宣教師・フォルカードが那覇に滞在していたこともあり、琉球王府は大慌てで薩摩に報告したり、役人を派遣したりと大騒動になった。

　ベッテルハイムは以前から琉球に関する知識があり、尚敬王時代の冊封使である徐葆光《じょほうこう》の『中山伝信録』の英訳版や、『朝鮮西岸と大琉球島探検航海記』を読んでいたと言われている。

　ハンガリーのユダヤ系の家庭に生まれた彼は、早熟で才能があり、13カ国の外国語に通じた言語学者でもあった。イギリス人の女性と結婚した後、宣教師となった。その昔、琉球近海で難破した英国艦の軍人を親切にもてなした琉球人に魅かれたこともあり、伝道会の採用によりまだ見ぬ東洋の小さな島に降り立ったのである。

　一家は香港で雇った中国人の通訳を連れて、波上の護国寺の境内の住居に住み着いた。キリスト教の布教活動は初めから苦難の道であった。初めの1年間はわりと自由に布教活動や医療活動に専念し、住民との交流も多かったが、次第に厳重に監視され、ベッテルハイムの日常生活における自由な活動も拘束されるようになった。外出時に尾行されたり、身の回りの日用品や食料品も自由に買うことができなくなった。

　彼はあらゆる妨害にも屈することなく、琉球の医師と交友を結び、ある医師を通して、西洋式の種痘法を伝授している。琉球語にも精通するようになったが、性格的なこともあり、奇行や高圧的に見られる態度は、多くの琉球人に受け入れられることはなかった。しかしながら、一方では通事たちや護国寺に詰めていた役人たちとの協力もあり、鎖国下において聖書の琉球語訳にも力を注いだ。薩摩や江戸とは異なる琉球独自のアイデンティティーが脈々と流れているのを感じる。

　久米の北門の方から「ナンミンヌ　ガンチョー」がこちらに歩いてくる。どこで拾ったのか、いつもの西洋犬を連れている。何だかリンカーンに似ている。鼻筋が通り鋭い目に頑固そうな輪郭、顎鬚を蓄えている。讃美歌を歌いながら、通りすがりの人たちに見境なく何か言っているのだが、聞こえぬふりをして足早に過ぎ去る人たち。西武門から辻の方へ曲がると、ジュリの女性たちが「ナンミンヌ　ガンチョー」と笑いながら歌っている。

　ベッテルハイムが空を見上げて笑った。犬がジュリの方へと近づくとなすがままに。辻の丘は夕焼けになり、海も茜色に染まっていた。

　１５０年以上の時を超え、今も、波上あたりには「ガンチョー　ヤナ　ガンチョー　チャンナーギーレー」の声が聞こえている。

2015.11

開国を陰で支えた寵児 ——ジョン万次郎

沖縄戦から75年目の「沖縄全戦没者追悼式」が例年と同じ場所の摩文仁《まぶに》の平和祈念公園式典広場で開かれた。フェンスの外でメッセージを聞きながら各県の慰霊の塔が建ち並ぶ「霊域園路」を巡回。「国立沖縄戦没者墓苑」は岩壁に近い場所にある。海を眺望する見晴らしの丘は、去る大戦の悲惨な最期のエリアを一瞬忘れさせるほどの絶景。その美しい海や空から戦がやってきたのだと思いながら、海岸線を西の方に歩いていると大度《おおど》の海辺に着いた。

今から１７０年程前の１８５１年の2月、小さなボートに乗った3人の男がこの海岸に上陸したことを思い出した。

「ジョン万次郎上陸之地」の表示板の少し先の広場には六角柱の各面に説明版があり、その台座の上で故郷を指さすジョン万次郎の立ち姿の像がある。その功績をたたえ、見える形で表現した方々の思いを実感する。

現在の高知県土佐清水市で生まれた万次郎は14歳だった１８４１年1月の末頃、他の漁師4人と漁の途中に突然の嵐で漂流。運よく黒潮蛇行の潮流に流され、小笠原諸島の鳥島に打ち上げられたが奇跡的に5人とも助かり無事に上陸。アホウドリや魚を食べながら5ヵ月近くを過ごす。アメリカの捕鯨船が疲れ果てた5人を発見して船に収容した。

航海の途中、漁師をハワイに降ろしたが、ウイリアム・ホイットフィールド船長は万次郎だけをアメリカに連れて行き、教育することを願い出た。マサチューセッツ州のニューベッドフォード港にもどった後、小学校にも通わせてもらい、クリスチャンの船長に連れられ教会にも通った。多感な少年時代に万次郎の博愛精神が育まれていき、英語教育、高等数学、測量学、航海術に捕鯨を学んでいった。20歳の時には3年余の航海を終え世界に通じる船乗りになった。その後、日本に帰国するために金山で労働に従事したあと、ハワイに立ち寄る。遭難した漁師仲間と再会、3人で帰国することになる。

鎖国中の日本は外国船の入港を禁止。まず琉球へ上陸した後薩摩に渡る計画を立てる。罪人扱いの可能性も高く、身の危険を十分認識しながらの帰国だった。アメリカで学んだ知識や技術、思想性を伝えること。故郷の肉親に会いたい一心と日本人としての自負心もあった。

ハワイ滞在中の万次郎を支援した人は、ホイットフィールド船長の友人のサミエル・デーモン牧師だった。万次郎は2人から「隣人愛」「助け合いの精神（ユイマールと同じ）」を学び、人種間のいさかいのない世の中を希求するチムグクル（心）を大切にした。ハワイで購入した捕鯨ボートを載せて帰国の航海に出た。

１８５１年2月、摩文仁の大度（小渡浜）に上陸した。アマハイクマハイ（走り回り）、連行され、道行きで唐イモをいただく。王府の指示で豊見城間切翁長村の役人で屋号徳門家の高安公介宅に滞在（拘留）する。衣食住は基より料理人まで派遣されている「土佐人漂着日記」（尚家継承古文書、栗野慎一郎解説）。

漂着者の待遇ではなかった。さかのぼって、琉球の人々が土佐へ漂着した際に世話になった過去もあった。

半年間の滞在生活の身でありながら、村人たちとの交流もあり、とうとう「毛あしび」にも参加？　月夜の下でサンシンとカチャーシーで解放感を堪能したとの伝承もある。

幕末から明治維新にかけて活躍をし、諸外国が日本に対して開港や通商を希望し求めていることをいち早く実感。黒船から開国を陰で支える寵《ちょう》児《じ》となる。万次郎がもってきたとされる「ＡＢＣの歌」、ドドソソラソーが翁長村の曲がりくねったスージグヮー（細い路地）を今も道ジュネー（芸能や祭りで練り歩く）している。

顺門
白瓷家

豊里城阿印森長村

1851.2〜6.

2020.6.23.

Roselle. R.

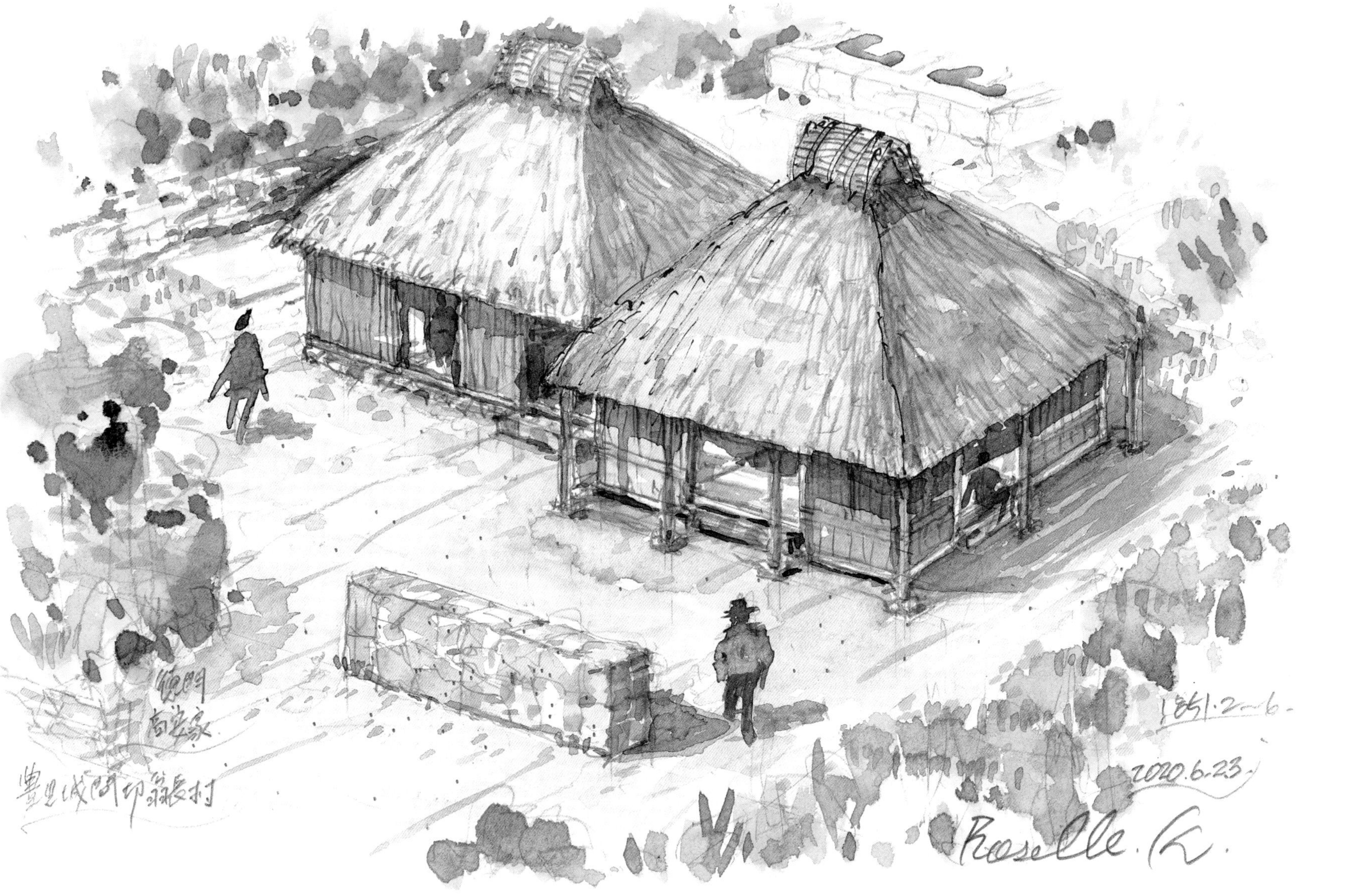

豊穣の祈り　村の絆つなぐ

——謝名城《じゃなぐすく》豊年踊り

本島北部の国頭村《くにがみそん》へ続く連山を右手に見上げながら北上する。急斜面の山が左手のエメラルドブルーの水平線の海原で踏みとどまっているように見える。

その境界線を走っていると、山の斜面の緊張感と海の水平線の安堵《あんど》感が同時に動きだす。

大宜味村の親川滝が海岸に迫るように流れ落ちてくる。海に近い山の滝の不思議な光景を通り過ぎると「芭蕉布の産地」で知られる喜如嘉《きじょか》に入る。ターブク（水田）が広がり、3月ごろになると薄紫のオクラレルカ（アイリス）が一面の風景になる。

その奥の方には謝名城《じゃなぐすく》の小さな集落がある。元は三つの別々の集落であったが、根謝銘（ニジャミ）、一名代（テンナス）、城（グスク）を合併し、元の村の一字をとって謝名城となった。

その謝名城の東側の山の田嘉里《たかざと》との境目あたりに、古い小さな城跡の根謝銘城跡（根謝銘グスク）がある。集落を通り抜け、肩幅ほどの細いつづら折りの路を登ると木立に囲まれた小さな広場が根謝銘グスクである。その御嶽《うたき》のある山が集落を見守っている。

標高100メートル前後の広場にたたずむと樹々の合間から海原を挟んで西の方角には本部半島が横たわっている。その突端にある今帰仁《なきじん》城《ぐすく》跡を遠望する。

10月12日は2年に1度の、謝名城の豊年踊りの日である。

その集落を歩いていると、共同店の広場には村人たちが集まり道沿いにも並び始める。昼下がりになると豊年踊りの主役の踊り手はすでに衣装に身を包んでいる。村の日差しを浴びて、伝統行事のハレ舞台、演者たちの表情は緊張気味。

長者の大主を先頭に、道ジュネーが始まる。村人たちは行列を組んで歩き始める。集落の路地路地を清めるように、聖域のある山の方へと1本の線になる。

立ち止まって見ていると、並木の向こうに吸い込まれるように消えて行く。また追い掛ける。どんどん高みの方へと導かれていき、見晴らしのよい広場に出る。

山の御嶽に向かって豊年踊りを奉納するクランマー（蔵庭）である。

眼下の集落を見下ろすと、ターブクの向こうに喜如嘉の集落が風景を受け止めている。涼風が右手の海へと吹いて一つになった。

長年にわたり、踊りは継承され、指導者の頭でもある長老が座して演者を見守っている。地謡にのせて舞を披露し奉納する。「長者の大主」「ながらたー」「上り口説」の演目を奉げる。山の方へ涼風が吹き上り、村人たちが山を見上げる。

五穀豊穣《ほうじょう》、無病息災、子孫繁栄の祈願を済ませると、再び山の辺りの道を集落の方へと下っていく。

謝名城の歴史は古く、北山城主の時代にさかのぼると伝えられている。

古くから水田地に恵まれ、農業や林業を営み農耕の共同体の絆の強い村を想起させる。沖縄のすべての村々も同様である。共同で耕して共有地を耕した時代が、いまだに村人たちのぬくもりのある表情に受け継がれているように思える。

たたずんでいると夢うつつになり、いにしえの村に外から入り込んできた「鍛冶屋」の存在を思い浮かべる。外側と内側の両義性をもつ鍛冶屋は神的存在だったのだ。

垣根越しに村人のシークワーサーを失敬してほおばると甘酸っぱい食感が路地に広がったので、村を後にした。

2019. 10/12

沖縄角力 美しい技に魅了される

——与那原 久米島

沖縄角力（沖縄相撲）の追っかけをやっていると、国技の大相撲と同じように、ひいきの角力取りができる。

沖縄の三大大綱引きのひとつである、４００年余の伝統を誇る与那原大綱曳が7月下旬に開催され、祭りのイベントのひとつとして「沖縄角力大会」が行われた。

全島の各地域で催される祭りの一環としても、沖縄角力が定着して久しい。数百年の歴史のある沖縄角力は、国技の大相撲と比較しても引けをとらない魅力を持っている。琉球王国時代から、奉納の角力としても、祭事を盛り上げる余興としての役割も果たしていたに違いない。

19世紀の初めには、士族と農民との間で盛んになっていたといわれている。戦前から知られている場所として、「沖縄角力波上場所」「県社祭」「奥武山招魂祭」は、三大角力大会に挙げられていた。現在では、年間25回以上にわたり、全島各地で開催されているから驚きである。年間6場所の大相撲と比較しても、約5倍の数である。

沖縄角力は、学生・一般を問わず重量制により、80キロを境とした2階級とされているが、場所によっては軽量、中量、重量、無差別に分けられる。中量級の選手が無差別級で優勝するのも珍しいことではない。

やはり沖縄角力の特徴は、大相撲と異なり、お互いに右四つの組み手から勝負を始めることである。直径7メートルの土俵も、あってないようなレスリング風であり、相手の背中を仰向けに土俵につけた段階で勝負の決着がつく。土俵の外に出ようが、手をつけようが、膝がつこうが構わない。ただし、両手の組み手は最後まで離してはいけない。なにしろ、右四つの組み手から始めるのは、沖縄角力の大きな魅力のひとつである。大相撲のように肩すかしや突き落としの技がない。両者が相撲を取る前に勝負が決まってしまうという、あの消化不良気味の要素を観衆にも与えないのである。

沖縄角力は古くからスニンジマ（諸人角力）ともいわれ、シマトゥヤー（角力取り）も観衆も行司も一体感に包まれる。観衆も行司の目線を持つのである。見知らぬ観衆同士がうんちくを語り合う姿も目にする。

久米島は古くから沖縄角力の本場ともいわれ、昭和31年から平成5年（波上場所）までの間、20回以上の優勝者を出している。本部、名護、金武、糸満や各離島、ひいきにしている各地の角力取りの中で、読谷村の新垣兄弟に注目して久しい。軽、中量級の新垣兄弟は、ときどき無差別級での優勝を成し遂げるからだ。

大相撲の貴乃花、若乃花の兄弟横綱時代を彷彿とさせてくれる。左右から繰り出す自在の技は力強く、しなるように俊敏である。技の名称には詳しくないので、雰囲気で一部を連ねてみる。

高々と持ち上げて投げるフカヌシ（腰投げ）、ニジリヌシ（上手投げ風）、ウチメーガキ（大内がり、小内がり）、捨て身のニンジャーグヮー（捨て身投げ）。どのシーンを観ても勝者、敗者とも圧巻であり、清々しく、美しい技の展開に熱中してしまう。

礼に始まり、礼に終わるのであるが、なんとも言えないほほ笑ましい光景は、勝負のついた両者にべったり付着した砂を、行司がふり払っている様子である。

時は、琉球王国時代も末期、一人の親雲上が坂下に住む農夫のサンラーとシマ（沖縄角力）を取り始めた。松林の広場にはチラホラ観衆の姿。汗臭いサンラーの帯を両手でつかみ、右四つの組み手。どこからともなく行司が現れ、二人の腰のあたりをポンと叩いた。勝負開始の合図。

数分間の三本勝負は、どの時代から始まったのであろうか。お互いにがっぷり四つに組んだ体勢から勝負を始める沖縄角力は、観衆に安心感を与え、美しい技の数々がさらに観衆を魅了する。

ガマで惹かれ合う男女——真栄里《まえざと》の海やから

誰がし名付きたが　どんどんぬがまや　あしびみやらびぬしぬびどぅくる～（誰が名付けたのか　ドンドンの洞窟は　村の美童が忍び遊び過ごす場所）。

戸川純が歌う「海やから」の民謡が軽快なリズムで聞こえてきたので、那覇の垣花から大正時代の糸満馬車軌道に乗ったつもりで糸満へ向けて国道331号の街道を走る。身体の左半分は潮風の香りを受けて、右半分はキビ畑の甘い香りを吸い込んで、ポカポカガタゴト。

白銀堂や山巓毛《さんてぃんもー》を過ぎると、埋め立て事業によって市街地となった潮崎町の左手に真栄里《まえざと》貝塚やサチナカグスク（真栄里グスク）の遺跡がある。大昔は海岸線の岬だったに違いない。

左に曲がると、奥には小高い丘が長方形状に広がる真栄里の集落がある。

南面する集落は太い線を引くように、メーミチが東西に延びている。北側に向かって緩やかに路地はせり上がり、西側は緩やかな下り坂。

日当たりのよい集落は風水に恵まれた地形である。南面する集落の民家は右手の西の海を眺望する。

真栄里の綱引きは300年余の伝統があり、メーミチで毎年旧暦の8月16日に行われる。

そのメーミチの拝所に立って両手を45度に広げると一筋目との交点の左右には、一つずつ大きなまるでロータリーのような広場がありアジマアのようでもある。湧水の二つの樋川は古くから集落の生活と密着してきた。大木のガジュマルが緑陰を地べたに落としている。一つはサチナカグスクであり、一つは地頭ヒヌカン。

数ヵ所あるクムイ（池）は水脈の集落の象徴である。

サチナカグスクの広場で遊ぶ子供たちは家の延長のように広場を身体化している。ガジュマルの幹辺りにはバスケットリンクが取り付けられ奇妙な風景も自然に感じられる。

村の青年が一休みしているので「私はこの真栄里の綱引きを数回見に来たことがある」と言うと、表情が和み、得意そうに綱引きの特徴を語った。

メーミチを綱引き場にして、東の雄綱、西の雌綱と東西に分かれて引き合う一本勝負である。一般的な綱引きと仕組みが異なり、毎年交互に雌綱と雄綱を交換する習わしはモダンな発想である。

モダンと言えば「海やから」の民謡に出てくる「どんどんぬガマ」（ドンドンの洞窟）の歌詞。集落の北側にあるロンドンガマの言い伝えがユニーク。

昔、どこからか流れ着いた海の勇者が洞窟に住み着いたところ、村の美しい娘はその男に恋をしてしまった。

村の青年たちが、海やからを懲らしめてやろうとあの手この手を尽くしたが健闘及ばず、とうとう嫉妬心も交え、歌にしたのが「海やから」だと聞いた。「どんどん」が「ロンドン」に変化した。ウチナーンチュは「ド」を「ロ」と言ったりする。ちょうどその時「ろーしてこっちに来たの？」と後ろから声が聞こえた。

戸川純の海やからが再び聞こえてくる。

ドンドンガマ通てぃ　忍でちゃさ我身や　出
しみそりヤカラ　語て遊ば
（ドンドンの洞窟に通い、お忍びで来た私　出
てきておくれヤカラさん　語りすごそうよ）

と3、4番へと続く。美しい村娘を海やからにとられ、嫉妬や諭しの教訓歌に認めた村の男たちの情動がリズミカルなテンポで歌われる。

真栄里の綱引きは勇壮で荒々しい。綱引き後、上半身裸の男たちがラグビーのようにぶつかり合い、棒術も披露される。

女性たちも一体となる。村の強い男たちの人情味あふれる海やからの歌詞。その歌声が映画『パラダイスビュー』の中の海やからの戸川純の声と重なり合いどんどんロンドン囃子《はやし》と共に遠ざかる。

2020.1.25

激動見守った観光拠点　——沖縄ホテル

１７１０年の琉球王国。第７回目の江戸立ち（江戸上り）の旅立ちの日である。慶賀使は美里王子、謝恩使は豊見城王子。約１６８人規模で、片道で２千キロ、往復１年近くの長旅である。

首里観音堂の万歳嶺や官松嶺から松川のうふどう松原（大道松原）を江戸上りの行列がにぎやかに通り過ぎていく。松並木が、首里から松川、大道へと沿道の緑陰の景観になる。ソテツや芭蕉、ガジュマルにゴモジュの香りが松林を吹き抜けていく。

尚真王《しょうしんおう》の時代に植林されたという、うふどう松原の松並木は、松川、大道の象徴として親しまれていた。安里、崇元寺、立派な石造の長虹堤が海中道路のように浅瀬や浮島へ突き抜け、那覇の港町へと続く。

古典舞踊の「上り口説《ぬぶいくどぅち》」は「江戸上り（江戸立ち）」の首里城を出発して薩摩までの道行＆海行の様子を謡っている。江戸上りは観音堂から始まり、松並木が大行列を見送り、大道松原《うふどうまつばら》を通り過ぎる。「袖に降る露を押し払い　うふどう松原歩み行く　行けば八幡崇元寺」（上り口説２番）その道行きの情景が見えるようである。

大道の近くを流れる真嘉比川と安里川が合流する。その辺りに指帰橋《さしかえしばし》と「茶湯崎橋《ちゃなざきばし》」がある。二つの橋は琉球王国時代にさかのぼる。時の政治家蔡温は「独物語《ひとりものがたり》」の著作の「『茶湯崎』に湊を造れば、交通の利便性が良くなり、商船が往来でき、この地で交易が出来、首里に住む人々の生活も良くなる」（原漢文）と記している。安里川の舟の往来が見えてくるようである。

１９１４年には路面電車が通堂から首里間を走り、大道通り（うふどう松原）付近を通っていた。

「沖縄ホテル」は観光ホテル第１号として宮里定三氏が１９４２年に波之上宮前に完成させ、総支配人となった。貴賓室も完備された。

太平洋戦争で沖縄が戦場になる前でもあり、軍司令部将校の専用ホテルとしても使用されていた。米軍による空爆や艦砲射撃、地上戦の「鉄の暴風」が那覇の市街地を壊滅させ、新築の沖縄ホテルも消滅した。

戦後、１９５１年の復興期に那覇の街と歩調を合わせるように「沖縄ホテル」は歴史街道の「うふどう松原」沿いに再開業した。その時代の沖縄は、経済界や商社マン、映画人、各メディア、文化人がアメリカ統治下時代の沖縄を訪れ、沖縄ホテルに滞在した。長期滞在も多く、芸術家の棟方志功他が訪れ、日本民藝協会の柳宗悦や濱田庄司は沖縄の民芸の調査に携わり、当ホテルに長期滞在した。

「沖縄観光と日本民藝協会同人」は戦前戦後にまたがり、沖縄の芸能文化、工芸の復興を眼差《まなざ》した。現在も活発な「ウチナーグチ」の話題に関しても、すでにその当時、方言論争にまで関わり、沖縄の知識人と交流していた。沖縄観光とアイデンティティー・ポリティクスに関わるもろもろの課題はマレビトからの問題提起が先だったのかは別として盛んであった。

那覇の映画館は１９５０年から65年までの15年間で15館前後に増え、人口は11万人から25万人に膨れ上がった。「映画館」「沖縄ソバ」「高級舶来品」「専門店」などが、国際通りの一本の軸線に貼りつくように軒を連ね、周辺部に「市場」「歓楽街」が路地（スージ小《グヮー》）に群がった。

沖縄タイムス社は文藝春秋社と提携して、著名作家を招聘《しょうへい》して講演会を開催し、当ホテルも講演会場の一つになった。

沖縄の激動期と共に、観光ホテル事業一筋で歩んできたウチナーンチュのホテルの経営者は現在３代目になる。老舗「沖縄ホテル」の敷地内には戦前から今に残る、レンガのホテル跡とガジュマルの風景が時を超えて戦前戦後をつなぎ続けている。70年目を迎えるヤシの木が、秋風に揺れながら未来を眼差している。

1941年、1951年 波えと南、大道、うふひ依験、沖縄銀 是尊政方 日味灣行
点盏文化 護漬会 村喜馆、本社建三博、池ケ行ち功
沖縄らいん本社 逆生栈教室、都国灣 強力正す 2020年9月29 Roselle.虎

ホワイト・グリーン名護の街 ―― セメント瓦葺き

名護の七曲がり（改修前の国道58号、許田《きょだ》〜東江《あがりえ》）を越えると、北部の故郷のエリアに入った安堵感から、その二人は束の間の脱力感を漂わせていた。

その後、名護の街で昼食の沖縄ソバを食べている最中だった。鰹だしのきいた透明感のある汁を啜りながら、三枚肉に舌鼓を打っていると、瞬く間に汗が噴き出す。扇風機の湿気を帯びた風が回っている。長い年月、那覇に生活の拠点を置いている、今帰仁出身と羽地出身の二人の年長者のお供をした。

食堂の座卓で、二人はおのおのの島クトゥバ（島の言葉）で雑談をし始めた。北部エリアの島クトゥバは「ハヒフヘホ」と「パピプペポ」の音が絡まり、情緒的に聞こえる。

突然、一人の年長者が隣の卓上を指差し「アヌ　メェー　トッティ　トゥラシェー」（あのご飯とって頂戴）と言ったように聞こえた。

席を立った直後の隣席の卓上には、食べ残した白いご飯が見えた。言葉の内容をのみ込めないままでいると、「アヌ　メェーヨー」と再び。マサカでしょうと思いながら、そのお椀にそっと手を伸ばし、取って差し出した。年長者の知人は何事もなかったかのように、白いご飯をおいしそうに食べ始めた。思わず私は、あたりを見回した。

少し気を取り直してみると、世代間の相違だけではなく、北部の自然の中で、逞しく生き抜いてきたスケール感のヒトコマを垣間見たような気がした。ネクタイ姿の年長者の所作に、食べ物の大切さと身体が自然に結びついていることへの迫力に圧倒され、軽い目眩《めまい》を感じたのである。

その白いご飯を見ていると、名護への想いが膨らんで夢うつつの中へ入り込んでいく。

近世に変わる頃、北部の山原では農業が主産業でもあり、米作が義務付けられた。

１７００年代、「治山治水」の祖といわれる尚敬王時代の三司官を務めた蔡温《さいおん》の陣頭指揮によって、羽地大川《はねじおおかわ》の土木工事を実施。その下流にある米作の盛んな「羽地ターブックヮ」の穀倉地帯の美田を安定化させた。その稲穂が揺れて、白いご飯と重なった。

黄金色のタクアンを一口噛む。その昔、ウコンは名護の特産物として黄染料などに使われ、県外へも産出した。開かれた入り江を抱くように広がる名護の街は、背後の山々に抱かれている。

かつて、山原船は北部の薪や木材を載せ、各地の港を往来した。海上交通の中継拠点でもあった名護は、明治時代には、陸上交通と海上交通の物資の集出荷の拠点都市としても発展し、商業、運送業、林業、藍の栽培などの産業基盤を作り上げていく。

去る大戦前後には、モダンなセメント瓦製造をいち早く産業にした。今も残るセメント瓦葺き屋根の連なりを見ていると、戦後の復興期に、沖縄でのセメント瓦産業の発祥地であったことが伺える。

路地を歩いていると、名護の町並みの銀色の甍《いらか》と深緑の山々との強いコントラストが浮かび上がり、近遠景となる。しばらく歩いてみる。名護博物館前に建つ名護親方・程順則の像の前を通り、ヒンプンガジュマルの木陰に腰を下す。

蔡温の風水思想が刻まれた「三府龍脈碑記」の側を、涼風が通り抜けていく。

北部は県内でも多くの移民や出稼ぎの歴史がある。海外へ雄飛した人々の国際色豊かなディアスポラの繁栄を遠望する名護湾の夕日が、黄金色のウコンのように煌《きら》めいている。

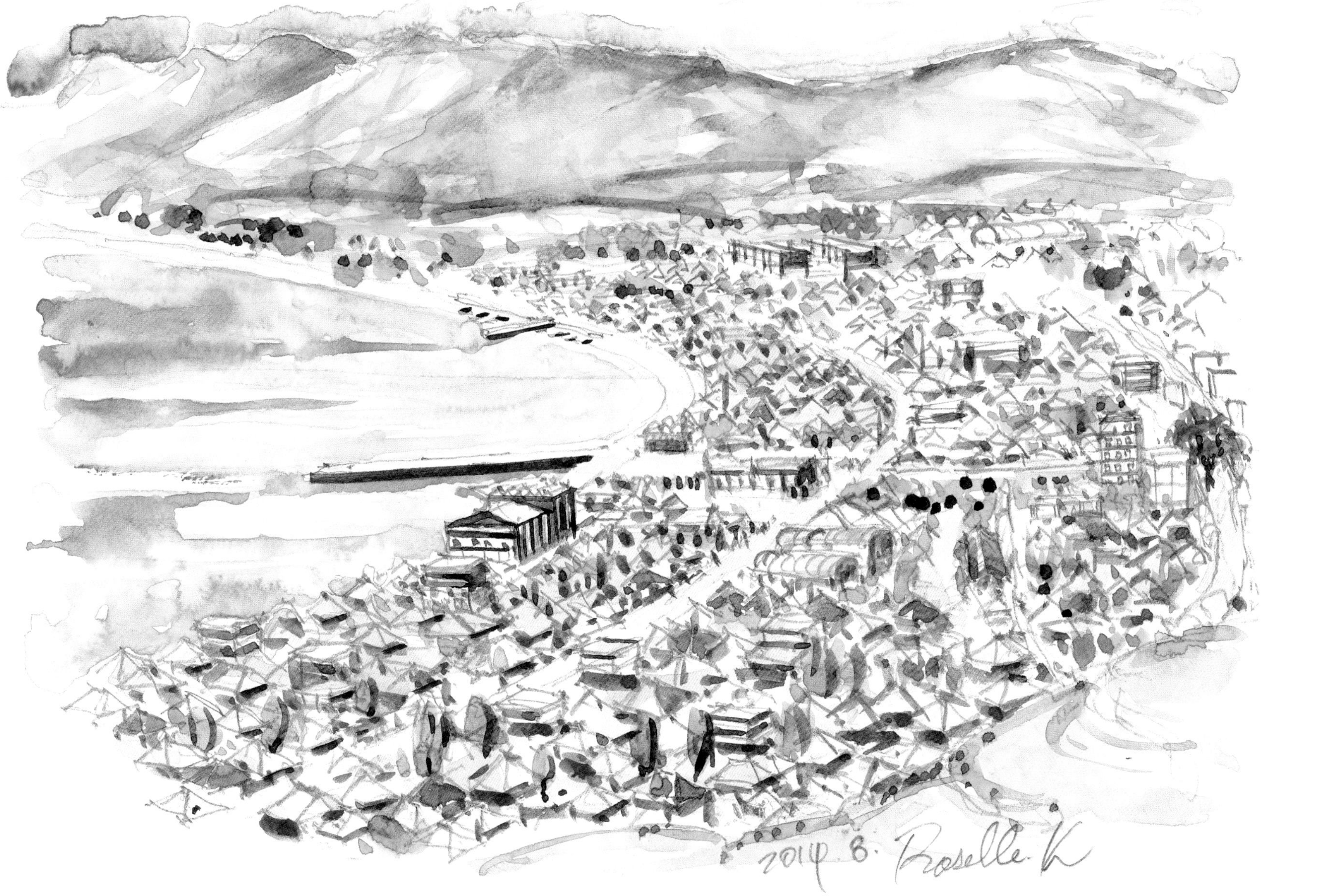
2014. 8. Roselle. K

境界のコントラスト・モザイクシティ ——那覇

首里の山川の高台から西側の市街地を遠望する。那覇の市街地へのびる首里坂。真嘉比《まかび》の原野の向こうには広大な芝生とリズミカルに点在する外人住宅群が見える。

隣接する安里の市街地は広大な芝生に押されるように密集地となっている。

境界線のフェンスは遠景には見えない。

１９６０年前後の小学時代の夏休み。板切れと三輪車の車輪を組み合わせ、手作りのゴーカートもどきを引きずり山川の高台から坂道を転がって行った。加速度は坂道に比例するように石ころ道を走り下りていく。

松川、大道辺りまで行きつくと降りて引きずって歩く。安里交差点を過ぎると右手の安里の集落は北側の丘に広がる米軍住宅地の方へ上り坂となり民家が密集している。通り沿いに出来た新しい映画館やバス停留所。その背後のスージグヮーにひしめき合うような民家。気だるい犬がほえる。突き当りを見上げるとフェンスの向こうに広がる芝生には白い箱の家が置物のように配置され、ガジュマルさえあか抜けして見える外人住宅地だった。その不思議な風景はフェンスで仕切られどこまでも続いているかのように思えた。

ギンネムや夾竹桃を掻き分けフェンスに近づくと円形の大きなタンクを見上げる。

それらはすでに原風景としてあった。

安里川やシュガーローフ（ケラマチージ）やハーフムーンと呼ばれた原野には人工の壕があり兵器のくず鉄や銃弾や人骨も散在していた。頭蓋骨と知らずにひもを付けて引きずって歩く者、手りゅう弾でキャッチボールしている者もいた。メンコやビー玉、オハジキ……の、はやりの遊びに加算されるような危険な遊びでもあった。

境界のフェンスを潜り抜けると野球場もあり、青い芝生で外人の子ども達と草野球をしたり、冷蔵庫の不思議な飲料水を飲んだり顔見知りになる者もいた。

緩やかな曲面の芝生の丘にある外人住宅地は戦争がやって来る前までは銘苅《めかる》集落や天久《あめく》集落があった。

首里からのマカン道は安里の崇元寺《そうげんじ》の近くに合流。

ケラマチージ（シュガーローフ）近くの切通は軽便鉄道の嘉手納線が走っていた。

ケラマチージはその名の通り慶良間を遠望する景勝地であったが、去る大戦で最大の激戦が繰り広げられたと言われる。狭い場所のシュガーローフとハーフムーンの戦いで日米双方5千人もの死傷者を出したと言われている。

敗戦後、当該エリアを含む場所は米軍の強制接収により「米軍基地・牧港住宅地区」となり、元の住民は強制移転となり、１９５ヘクタールもの広大な米軍人・軍属及びその家族が住む住宅地となり、娯楽施設も整備された。接収された後の芝生と白い風景は30年以上の時を経て那覇の新しい街「那覇新都心地区土地区画整理事業」として地区計画に基づいた街が出来た。その中環状線沿いには大型の商業施設や県立博物館・美術館、公共施設、娯楽施設が建ち並んだ。

遠い日の首里山川の高台に再び立ってみる。

遠望する真嘉比や新都心地区の街区や安里の集落はかつての広大な芝生の外人住宅地と色分けすることなく馴染むように密集地となり溶け合っているようにも見える。

新都心と旧市街には、ひときわ目を惹く高層マンションが都市を象徴するように垂直の線となる。

コイのように街を泳いでいるゆいレールが「モザイクシティー那覇」を縫い込むように走っている。

変貌する街のシンボル ——那覇タワー幻想

パレットくもじ前広場で信号待ち。辺りに目をやると、白い縦格子に包まれた那覇市の新庁舎が新たな街の風景になり、高層ビル群に囲まれた広場はより都会的になった。

戦後復興期の象徴である国際通りを、むつみ橋交差点に向かって歩く。観光土産品店と飲食店が軒を連ね、両側の歩道は観光客で賑わっている。その合間を縫うように歩くと、中国語も飛び交い、観光客がひっきりなしに通り過ぎる。

復興期に壺屋、神里原から国際通り、桜坂歓楽街……と増殖の一途を突き進んできた那覇の街。映画の全盛時代には映画館が街の象徴となり、デパートや高級舶来品を扱う店が彩りを添えた。戦後70年を迎え、街の風景も70歳になった。表層の看板の陰に隠れた復興期からの建物が姿を消していく時期でもある。

緩やかな高低差のある国際通りの頂上付近、一銀通りが久茂地川を横切り国道58号線に結ばれる。その角には、旧第一相互銀行（現・沖縄海邦銀行松尾支店）が約60年前の姿のままでどっしりと建ち、一銀通りの名前の由来を象徴している。道の背後は小高い丘のままで、その野原は、銀行員が朝のラジオ体操を行う場所でもあった。

映画館の象徴的な存在でもあった国映館の跡地には、巨大な観光ホテルが建ちあがった。山形屋跡地にはホテルＪＡＬシティ那覇が建ち、その並びの大湾洋服店は約60年の建物の歴史を今に残し、背後の原風景を支えている。

市場本通り入り口の角のビルは、フェスティバルビルから那覇ＯＰＡを経てドン・キホーテになり、時代の波を泳ぎ切っている。沖映通りの名も映画館にちなんで付けられた。ダイナハ跡の巨大なジュンク堂書店の背後には古の「七つ墓」の森が神秘的な姿で鎮座し、モノレールからの視線を受け止めている。その近くには、葛飾北斎の浮世絵のひとつにもなった「長虹堤《ちょうこうてい》」の海中道路が５００年の時を抱えて地中深く眠っている。

街の中心地にあった映画館「国際劇場」「平和館」は国際通りや平和通りの名称にスライドして生き続けている。「沖縄三越」「沖縄東宝」「南映劇場」は姿を消した。

国際劇場の跡地には沖縄初の商業複合ビル「国際ショッピングセンター」がお目見えし、本土のショッピングセンター時代の到来を後追いするかのように街の様相は変貌していった。各専門店は大きな建物の中に並べられ、街路はビルの中の通路になった。路面店に慣れ親しんできた人々は、直線の動線でビル内を移動する。

復帰後には天空に聳える「那覇タワー」が、円筒形の展望レストランを載せて建ち上がった。地上19階、82・6メートルの高さは圧巻だった。20代の頃、工事中の那覇タワーの最上階を目指して筒状の階段を駆け上って行き、途中で息切れを繰り返した記憶が蘇る。那覇全体を眼下に、慶良間諸島はもちろんのこと、郊外の連山まで見えた。３６０度のパノラマは完成後には回転レストランとなり、昼夜の市街地の景色を楽しませてくれた。

高層ビルが那覇の市街地にも点在するようになり、高い視線の位置でビル間を結ぶ水平視線は都市の象徴でもあるが、那覇タワーは街のシンボル的存在でもあった。

現在、那覇市おもろまちには１００メートルを超えるタワーマンションができた。桜坂にはハイアットリージェンシー那覇が建ち、消えた那覇タワーと入れ替わるように那覇の街の景色を俯瞰している。変貌する街の記憶は極めて個人的な幻想である。

宜野湾松並街道跡

——普天間飛行場

浦添《うらそえ》、宜野湾《ぎのわん》は水の豊富な都である。１３００年代のグスク時代。

察度王《さっとおう》（中山王）は勢力を増していた。真志喜の奥間大親の子だと伝えられる察度王の家系は豪農であった。

宜野湾一帯の恵まれた地形と豊富な湧泉は、羽衣伝説の森の川をはじめ、１００を超える。馬の背のような丘陵は琉球石灰岩の台地である。水は地中に吸い込まれ、その底の島尻層群の泥岩層が受け皿となって水脈をちりばめる。湧泉は至る所から地表に湧き出る。

丘陵地からヒナ壇状に海岸線に向かって下っていく地形は湧泉と合体した水田となる。海岸線の低地の沖積層は水稲作を生み出し、台地は田畑となる。

沖積低地の海岸線のイノーの内側にあった干潟は泥土が堆積し、塩水が混じりあったが、ヒナ壇状の水田から流れ落ちる豊富な水量によって淡水化され、農作物の宝庫となる。

恵まれた自然によって創出された場所だと言える。

『琉球国由来記』にも記載される、歴史のある普天間宮は悠久の風景としてシンボライズされている。首里から浦添を通り普天間を結ぶ普天間街道は基幹道路として庶民にも利用され「宜野湾並松」と呼ばれた松並木街道は天然記念物にも指定されていた。

琉球王府時代の宜野湾間切は、我如古《がねこ》、宜野湾、神山、大山、大謝名《おおじゃな》、宇地泊《うちどまり》、喜友名《きゆな》、新城、伊佐、嘉数《かかず》、野嵩、普天間、安仁屋、真志喜の14村があり水に恵まれた豊かな田園地帯に集落が点在していた。農作物を運搬する農家の人々が松並木街道を行き交い、松風の音が聴こえてくる。

大正11（１９２２）年には軽便鉄道（沖縄県営鉄道）が開通。那覇（古波蔵）から嘉手納線が全長約23キロを走った。その中間地点に位置した宜野湾には三つの駅があった。那覇〜嘉手納間を約2時間半で走ったことから推測すると、1時間余りで那覇まで行けたことになる。1日、8往復だった軽便は16往復まで伸びて、交通の利便性にも恵まれた。

丘の台地の松並木街道と海岸線を走る軽便鉄道。田園風景に点在する集落群は松風の風音と潮騒や汽車の音が生活の周辺にあった。

昼下がりには、海岸線の水田からヒナ壇の棚田を涼しい風が吹き上がってくる。夜は松風がヒナ壇を吹き下りていく。

去る大戦で、浦添や宜野湾も激戦地になった。瞬く間に、自然に恵まれた故郷は焦土と化し、約3分の1の人々が犠牲になった。激戦地の嘉数高地には今も日本軍のトーチカが口を開いて眠っている。

四つの集落を接収して普天間飛行場建設が開始された。キャンプ瑞慶覧《ずけらん》の他、市域の約30％を超える米軍基地の中で、最近、キャンプ瑞慶覧の一部が返還された。その跡地からは多くの遺跡や水田跡、グスク跡が発掘されている。

豊かな台地の中心部にはドーナツのようにくりぬかれた飛行場が居座っている。やむを得ず、街は取り巻く形状となった。市街地は高密化の一途をたどっている。

戦時に切り取られた数千の松並木は軍用素材となり消えた。その飛行場との境界線にある佐喜眞美術館は平和を希求する芸術の館として「場」にくいを打つかのように発信を続けている。その空間の延長線上には、いにしえの宜野湾の豊かな田園風景が広がっている。生命の象徴でもある松が、並木の風を吹き込んでくれるように。

普天間宮
軽便鉄道
並松街道
2019.6.

闇市が発展 迷宮都市に ――第一牧志《まきし》公設市場

第一牧志公設市場は地元客や観光客でにぎわっている。特に最近は韓国や台湾をはじめ中国からの観光客も増え1階の鮮魚、食肉、乾物売り場に加え2階の食堂街はアジアの言葉が飛び交い「アジア市場」の様相である。

現在の公設市場は1972年の本土復帰の年に完成した。2020年、老朽化に伴い同じ場所に建て替えることになった。工事期間中の仮設店舗の移転先は、すでに2001年に閉鎖されていた、にぎわい広場（第二公設市場跡地）である。

公設市場の建物の外周では野菜や果物類を台の上に広げて、昔ながらの相対売りが行われていて、通りすがりの人たちを和ませている。

戦後の那覇の街は荒野からの復興である。米軍の統治下にあった市街地は、段階的にエリアごとに解放されていった。1945年の「壺屋」を皮切りに、牧志、開南、神里原《かんざとばる》一帯から戦前の旧市街地へと。那覇の街は切り取られ、貼り付けられ、島尾敏雄も述べたような「ラビリンスの街（迷宮都市）」になった。

ガーブ川沿いのエリアも初めの方で解放され、自然発生的に商いの場所ができていった。最初に産声を上げたのは「上町小《うえまちぐゎー》」と呼ばれた開南の丘辺りの闇市だと言われている。いろんな意味で商いは野放図に増殖していった。

軍政府の指導によりガーブ川沿いに公設市場を開設することになり、ガーブ川の改修工事に伴い、川の流れの真上に「水上店舗」が帯のような形状で完成し、川はふたをされるように暗渠《あんきょ》となった。最初の木造の公設市場が完成したのは1951年頃で、水上店舗は65年の復帰前である。

以前のこと、公設市場の前でコーヒーを飲んだ後、外周にある野菜の相対売りのおばさんのヘチマを買った。何となく雑談になると、戦時中7歳だったという。

終戦直後身寄りもなく空き家にいたところ、数人の沖縄青年たちに連れて行かれ、炊事をさせられた。

戦禍を免れた一軒家に住み着いた青年たちは「戦果アギヤー」をして生計をたて、少女だったおばさんは炊事係をしてしばらく飢えをしのいだと言った。それこそ「闇市」から産声を上げた市場の成り立ちと共に生きてきたのだ。

糸満から通って「カミアチネー（頭上運搬《うんぱん》商い）」をしたおばさんは銀髪を靡《なび》かせ、たばこを燻《くゆ》らしながら、駆けずり回って商いをした当時を振り返った。

北側の国際通りが東西の軸線となり、南側の開南の交差点が交通の要となる。南側から国際通りに向けて大平橋、新栄橋、千歳橋、栄橋、浮島通り（千歳橋通り）を抜けると中央市場通りと新生通りに挟まれて第一公設市場がある。市場中通りは国際通りのむつみ橋（旧ガーブ橋）から沖映通りへと続く。那覇の市場界隈《かいわい》はガーブ川に架かる五つの橋をつないだ橋のある市場でもある。

市場通りとやや平行に走る平和通りは丸国マーケットのある千歳橋通りからサンライズ通り（旧新栄通り）へ抜けて開南の交差点へ至る。当初、悪条件の低湿地帯のガーブ川沿いに増殖した市場界隈は格子状の道路によってできた無表情の街区ではなく、ラビリンスを抱え込んで迷路のような魅力のある界隈を創出するに至った。

長年にわたり市場界隈で商いを営んできた人たちが身体化した市場に、新たに外側から入り込んだ人たちが混ざり合いながら、カクテルの街としての新たな貌《かたち》が動きだしている。

再び同じ場所に帰ってくる第一牧志公設市場は水辺の空間でもある。

2019.5
Roselle.K

移民100年、苦難のロマン

——別れの磯千鳥

歌い継がれて来た「ナツメロ」を何げなく繰り返し口ずさむ時がある。

〈逢うが別れの　はじめとは　知らぬ私じゃ
ないけれど　切なく残る　この思い　知って
いるのは　磯千鳥〉

卒業式、入学式のシーズンというわけではない。幼年期の頃、ラジオから流れていた『別れの磯千鳥』は近江敏郎や三島敏夫、井上ひろし（1961年の紅白歌合戦で歌う）他多くの歌手に歌われ50年代から日本で大ヒットした。歌の作曲者が沖縄からハワイへ移民した沖縄系2世だと知ったのは随分後の事だった。作曲者フランシスコ・ザナミ（フランシス・ザハ）。ハワイにもキリスト教が普及していた時代、ザナミも洗礼を受けていたのであろう。ザナミ＝座波だと知り、沖縄系2世でハワイ生まれの座波嘉一《ざはかいち》（1914〜49年）だと分かった。

移民の父、当山久三は「いざ行かむ吾等の家は五大州」のキャッチコピーを両肩に背負い、1899年に最初の移民団（26人）をハワイに送り込んだ。今や移民の歴史は100年余になり「世界のウチナーンチュ」は50万人を超える。ザナミの両親が移民した1900年代の初頭のハワイはどのような時代だったのであろうか。

カメハメハ大王の王国だったハワイは、アメリカ合衆国からの移民の革命により合衆国の傀儡《かいらい》国家としてハワイ共和国からアメリカの準州として編入され合衆国領へと変わり、ハワイ州が誕生した。県人1世たちは動乱の時代にプランテーション農場の労働者として従事していく。内地人の移民に混じりながら、アメリカ人、ハワイ人との重層的な構造の下で生活を丸ごと生き抜いてきたのである。

当時の体験者の声のひとこまからは、言葉と身体的な特徴や女性の針突（手の甲の入れ墨）は内地人の沖縄人に対する「差異」や「偏見」として差別につながっていったことがうかがえる。ステレオタイプの差別は今に始まったことではないが。

故郷を遠く離れ、沖縄県人たちの結束は強くなり、助け合い励まし合いながら生き抜いた。座波はそのような親の世代を見つめながら沖縄の生活習慣と学校体験を通して複雑な生活環境の中で人格をつくりあげていったに違いない。1930年代の半ばに音楽団を結成。その頃、ハワイへ日本語学校の教師として渡航していた作曲家服部逸郎（レイモンド服部）は2世楽団と親しくなり、作曲を師事。後に師を頼って勉学のために20代の頃に日本へ渡る。

太平洋戦争が間近に迫り、41年に帰国するも日本軍による真珠湾攻撃の開始で過酷な戦争の時代へ入った。座波が帰国の際には『別れの磯千鳥』の楽譜を携えていたと伝えられ、作詞の福山たか子は日本滞在中に知りあったという。今まで消息が分からず、空襲で命を落としたとされていた。ところがある日、友人の伯母の宮里隆子（1924年〜1900年）だと分かった。東京で同郷出身の座波と親しくなり、戦時下の出会いと別れを詩にしてハワイへ送ったという。

ハワイの日系人部隊の間でも歌われ続け、戦後の52年に近江俊郎（日本コロムビア）が歌い大ヒット。作曲者の座波は戦後の日本での大ヒットを知らないまま、49年に35歳の若さで逝去した。

〈希望の船よ　ドラの音にいとしあなたの
面影が　はるか波方に消えて行く
青い空には　黒けむり〉（3番の歌詞）。

倍賞千恵子の乾いた美声が聞こえてくる。

過酷な体験を重ねてきた移民100年余。その歴史のひとこまから生まれた希望の船は黒けむりを青空に残して走り続けている。

2017.3 Roselle.K.

500年超え生きる信仰

「君南風」祭政一致

その昔、首里の弁ヶ嶽に3姉妹が住んでいました。

昔話のように聞こえる、聞得大君《きこえおおきみ》から始まる伝承。

今から500年余も昔のこと。琉球の各集落では、集落のノロが祭祀《さいし》をつかさどっていた。尚真王の時代になると、琉球王国の全土も首里王府を中心とした「中央集権支配体制」が図られ、本島にいる按司たちを首里に移住させたのである。いわゆる地方統治の強化である。

祭政一致の時代になり、神女組織も中央集権的な支配体制が図られた。

神代に降臨した神女の3姉妹は、首里の弁之《びんぬ》御嶽《うたき》に住んでいた。長女は同じ場所に住み、2人の妹は久米島に渡った。

そのような時代に王府に反旗を翻したとされる通称『オヤケアカハチの乱』が起こった。八重山のグスク時代、明国と私貿易を行っていた隆盛のさなかである。

全列島支配に乗り出した王府の軍事介入だった。『オヤケアカハチの乱』に関しては、先達の研究者の方々の諸各説があり、ここでは表層の君南風《きみはえ》とオヤケアカハチのスケッチにとどめたい。

海に囲まれ独立した意識。特に八重山は国境の島であり海外交易の実績もあり、その意識が強かったのであろう。

琉球王国の一部となるか、自分たちの領地の権益を死守するか。その選択を迫られたのである。

宮古の仲宗根豊見親《なかそねとぅゆみゃ》は前者を選んだ。後者を選んだのは八重山のオヤケアカハチだった。

その頃、神女の2人の姉妹は久米島の東獄と西獄に住んでいた。

特に霊力が高かったとされる三女の君南風は呪術にも優れていたと伝えられている。

西暦1500年、とうとう首里王府は按司《あじ》をリーダーとした八重山遠征軍を出発させる。那覇港から途中、久米島に寄って神女の君南風を乗せた。

八重山遠征の前に尚真王は聞得大君を伴い君南風を随伴させ、斎場御獄に赴き戦勝祈願をしたという。

宮古島で仲宗根豊見親と合流し、かつてオヤケアカハチとの戦いで敗北した石垣の豪族長田大主《なあたうふしゅ》を案内役にして上陸。

王府軍の君南風と八重山のノロとの呪術合戦も並行して行われたと伝えられている。迎え撃つアカハチ軍に王府軍も攻めあぐみながら陸地の攻防戦の末にアカハチ軍は敗退したのである。

霊力と呪術で活躍したとされる君南風。結果的に、八重山の神々が君南風と和睦したことにより、八重山軍が戦意喪失して降参したという。が、八重山学の父・喜舎場永珣《きしゃばえいじゅん》氏によると「神治の島八重山の信仰の自由を奪う無慈悲な……」の説もある。

やがて3姉妹の次女は於茂登岳に住み、三女は久米島の君南風になった。武勲をたたえられた君南風は、首里王府より、勾玉《まがたま》などを授かったとされる。

しかし、それ以前の昔から琉球の集落には神女による祭祀が執り行われていたのである。

久米島にもそのような信仰形態があり、継承され続けてきたのである。君南風は現在、12代目に継承されている。

『久米島の民俗文化』（上江洲均）によると「神女の三姉妹の話は、神話ではなく祭祀支配の史実を物語っているといえるのではないだろうか」と、その時代背景を考察している。

祭政一致の思考を超えて島々を俯瞰《ふかん》してみる。

沖縄の島々に生き続けているニライカナイ信仰、オナリ神信仰。超自然への崇拝とあちらから降臨するもろもろ。おのおの集落は、日常性を生き続け、現世の対立、対照を媒介にせず、セジを備えている女性を通して交信する。

要塞の島　75年前の幻影 ——宮古諸島

平坦《へいたん》な地形の宮古島は、低標高の約60%が平坦地である。一面に広がるサトウキビ畑を無作為に歩く。真昼の灼熱《しゃくねつ》の大地。上からも下からも、涼しくて暑い。

陰をさがして、遠望すると、北の方にピンフ嶺が見えた。喉が渇いてきたので、点在する「ウリガー」の一つを見つけて、石灰岩層の切れ目の石畳の階段を下りて行くとヒンヤリ。頭上を見上げると洞窟の中に青い光が降り注ぎ神秘的だ。穴の底の湧水を飲んで、再び地上に出る。簡単な地図で位置を確かめてみる。

高度５００メートルの南端の上空から島を俯瞰《ふかん》してみる。島はおよそ直角三角形の形状、南側を三角形の底辺にたとえると左側の直角辺りは下地、上野地区。北端は狩俣や池間島。底辺の東端は東平安名崎の帯状の岬で海食断崖が垂直に映える。北部の西の海には伊良部島、来間島。東の海には聖域の島、大神島。

北山脈は城辺《ぐすくべ》辺りから南の海岸線まで細長い嶺のように標高１００メートル余の低い山が三つ程点在。細長くなった北の方にはピンフ嶺が東西の海原を見渡している。

直角三角形の斜面とやや平行に刻まれるようにケスタ地形は線状の断層帯が3本、島を刻んでいる。表土の下部の石灰岩層の断面の上下のズレによって、さらに下部の不透水層の泥岩層が水の受け皿となり、豊かな地下水脈の自然ダムのような機能を果たしている。

平坦な島の所々にある岩層の裂け目のウリガーの湧水が地上と結びつく。

再びピンフ嶺の方に向かう。

75年前の去る戦争。宮古島には約3万人の日本陸海軍が戦に備え駐留していた。見晴らしのよいピンフ嶺、パナタガー嶺近くには野戦重火器砲壕が造られ、他にも多くの砲台が構築された。島には三つの飛行場が造られ、島全体が要塞《ようさい》と化した。

パナタガー領の砲台の構築には朝鮮から強制連行された軍夫や、島の少年隊も駆り出された。

10・10空襲に始まり、翌年の敗戦日が過ぎても散発的に続いて、アメリカ軍の空爆やイギリス軍の艦砲射撃により惨状の島になった。平和の礎の刻銘者数約３３００人余で、その内、軍関係の戦病死者約１５００人である。

島民と軍人の混在状態にもなり、島民の食料が略奪され、双方とも飢餓状態に追い込まれた。日本軍の戦没将兵の9割が食糧不足、栄養失調、マラリアによるものであったという。

国文学、民俗学者の池田弥三郎は満州から、山砲の分隊長として宮古島に上陸。駐留中にデング熱にも侵された。島民の民家を宿舎にすることができ、その家には父娘が住んでいて、那覇の女学校に通う娘さんが、休みで帰郷中であった。蓄音機とレコード盤があり、メンデルスゾーンのバイオリン・コンチェルトを聴かせてもらったという。戦時下の島んちゅ家族とのつかの間の安息に浸ったようだ。その後、娘さんは在宅中に流れ弾で亡くなったことを聞かされた。

一方、朝鮮からも日本軍として軍夫や慰安婦たちが過酷な島での労働にあたった。その当時に造った砲台や井戸の痕跡や慰安所が、幻影の逃げ水のように追いかけても遠ざかっていく。道行きには雌雄《しゆう》異株のソテツの花が咲いている。鉄くずを根元に埋めると木はよみがえり、花は黄泉《よみ》の国から帰るとの言い伝えがある。

どこからともなく聴こえてくる、島人の古老が口ずさむアリランの歌が石灰岩の地層に染みわたり、海原をこえていく。

北から平坦地の緩やかな下り斜面を歩き続けると、久松の集落から与那覇湾にたどり着いた。

夕焼けになった海の道がゆれている。

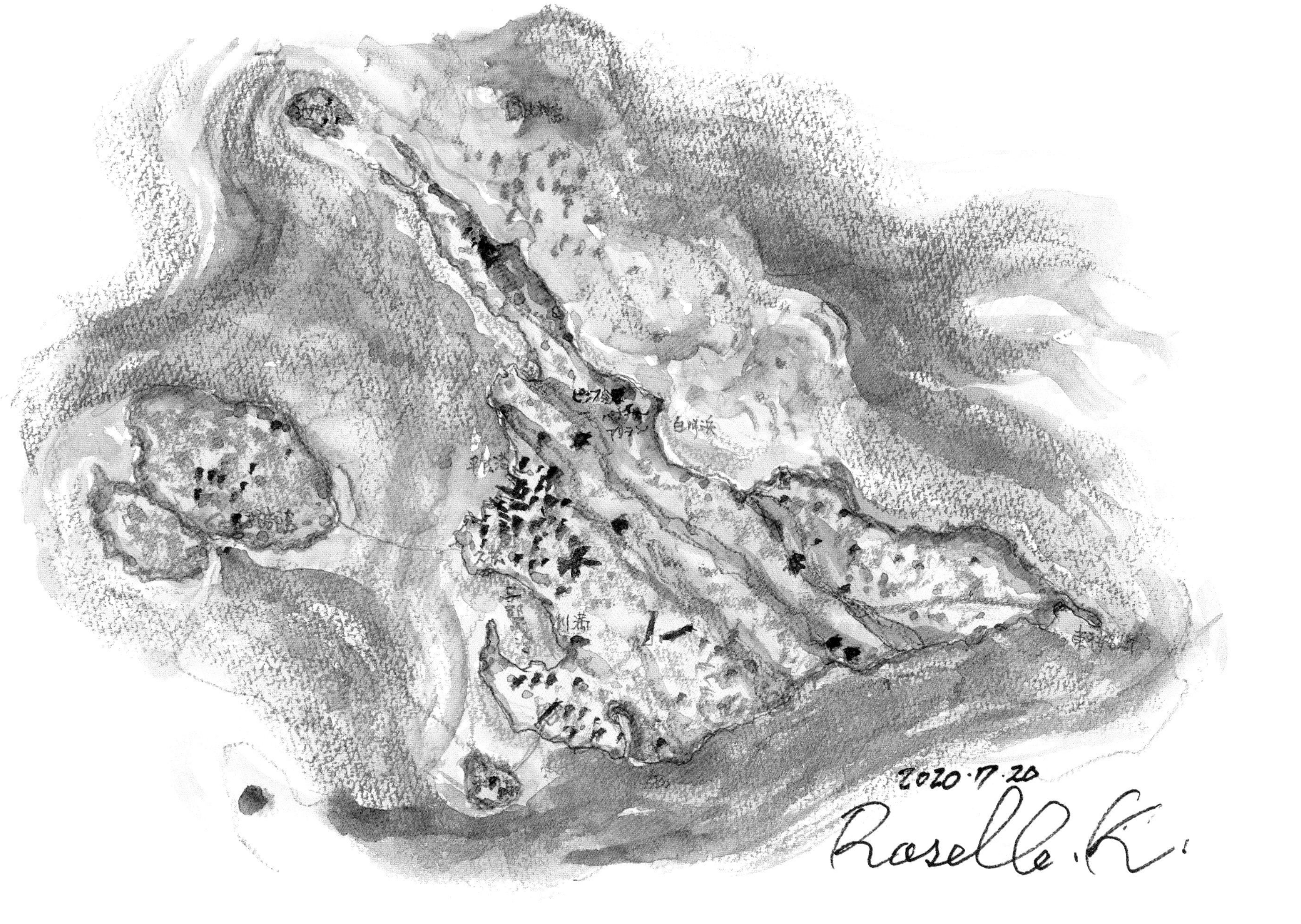
白川浜
川満
2020.7.20
Roselle.K.

水辺の周辺に集落点在 ——伊良部島

しんしんと肺碧きまで海の旅

よく知られている篠原鳳作《しのはらほうさく》の俳句である。1931年に宮古中学（現宮古高校）に赴任した時に作られた。鳳作は那覇から基隆《キールン》航路に乗船しエメラルドグリーンの海原、平良港《ひららこう》の美しい港で降りた。はだしで登校する少年少女たちも多く、港はにぎわった。

60年代の末にラジオから流れる「港便り」の一節「基隆から泊港へ」のフレーズが耳に残っている。

高い山のない宮古島は琉球石灰岩の平たん地である。水は石灰岩層を浸透し地中の泥岩層（不浸透）の間で滞留し、ウリガー（降り井）やムイガー（湧水）から吹き出す。ウリガーやムイガーの周辺に集落が点在し、水くみは女性や子供の日課であり、石灰岩の裂け目の石段を上り下りして水くみをした。

一斗缶を二つてんびん棒で肩に担いでバランスを取りながら足早に歩く。昔は沖縄の至る所で見られた光景でもある。少年期には那覇でも担いだ記憶がある。一斗缶の水の重さと揺れにより、てんびん棒が肩にくい込んで痛くなり、途中で少しずつ水をこぼしながら歩いた。

宮古諸島には八つの有人島があり、その一つの伊良部島は架橋で結ばれ約3500メートルの「伊良部大橋」が開通した。かつてポンポン船が黒煙をなびかせて平良港と往復した時代からフェリーの時代を経て、大橋で結ばれた。

陸路と同様、車の交通量が増え島の人たちの利便性が良くなり、観光客も増えた。さらに想像を超える地価の高騰が最近のニュースにもなった。架橋の腹部には送水管や情報ラインがセットされている。同時に排水処理の普及率が課題のようである。

随分前に、平良港から乗船して伊良部島の佐良浜港に渡った。海を望む港の急斜面に、密集した集落が鮮やかな色彩を放っている。カツオ漁の港町は昔、池間島からの分かれであり、西原の集落も同様である。今も「ミャークヅツ」の祭《さい》祀《し》が同じ日に執り行われ、離れても同じ集落の結束は固いトライアングルで結ばれている。サバウツガー（古くから生活用水を支えてきた古井戸）に育まれた集落から西に向かって歩く。公的機関のある国仲から北の方には古い集落の佐和田や長浜が隣接し、佐和田の浜の遠浅の砂浜が夕日を受けあかね色に染まっている。

向かいには、寄り添うように下地島があり、歯車がかみ合うように自然の水脈の隙間をつくっている。カニを捕って遊んだという知人の声が聞こえた気がした。島の滑走路の先端は北側に突き出している。再び伊良部島に入り伊良部漁港を過ぎる。北風の強い時は、平良港からこの港を利用した。

開通した伊良部大橋を渡る。前方に平良の市街地を遠望しながら歩き始める。海の上を歩いていると宙に浮いた感じになる。久松の集落も見える。大橋の途中で、後方からスッとタクシーが止まり、運転手が日焼けした顔で笑った。乗せる様子もなくただ笑ったので、乗ることにした。

無条件に人の良さそうな同世代のオジサンは島のなまりで標準語。大橋でつながった後は週に一度、実家の畑作業をしているという。橋の3分の2の地点を走っていると「少年時代に伊良部から泳いでここまで来て、浅瀬の岩場に立って魚釣りをした」と言ったので驚いた。平良市側は浅くなり、途中に狭い澪《みお》（水路）があり与那覇湾の久松へ回り込む。大橋を過ぎて久松を案内してもらった後、再び伊良部島を回ることになった。伊良部なまりが島の風景と重なると時が止まるような安《あん》堵《ど》感が広がった。

1959.佐良浜港
2019.2

「ミャークヅツ」トライアングル回転体 ——池間島の御嶽

エメラルドグリーンの海原を滑っていると、池間口説が流れてきた。池間島の漁港に下り立ったのはいつの頃だったのか。かつて、飯島耕一の各港町を巡る随想集『港町』の中の「行き果ての島」池間島を読んで、すこぶる興奮してしまったのである。「……魂の皮膚の破れる稀有の瞬間が訪れる……」という帯の文章に引きずられるように。

確か、島の集落を歩いていると、路地沿いの民家からの視線を感じながら歩いたようなことが書かれてあり、好奇と不安の入り混じった表情で見つめる老女たちに接した。普段何気なく歩いている道ではあるが、その時ほど道を意識したことはなかった、というような意味合いだったかと思う。

港から西側の海辺の丘にある集落の路地の界隈、明るい配色を施した小さな集落が海に向かっている。１００年余の歴史をもつ島のカツオ漁。その間には苦境の時代もあり、遠く南方にも１５０人前後が移住した。それでも戦後、50年代後半まで最盛期は続いた。

池間島から明治の初め頃に分村した宮古島の西原や、それ以前に少人数から始まり農業の開拓地として移り住み始めた伊良部島の佐良浜では、旧暦の8月か9月の最初の甲午《きのえうま》の日に「ミャークヅツ」と呼ばれる祭祀が行われ、クイチャーが奉納される。旧年中の五穀豊穣と豊漁に感謝の気持ちを込め、これからの1年間の豊漁と豊作、子孫繁栄を祈願する。ムトゥ（元家）と呼ばれる儀礼集団は各分村の集落にもあり、祭祀を司る。祭祀の間、振る舞われるミルク酒（泡盛を水と練乳で割った白い酒）が、誇り高き池間民族を白く染め上げる。三つの集落の生活の線状の時が止まり、同心円の円環の踊りは、クイチャーの世界へと「ヒィヤサッサ」の大競演となる。

カツオを頰張ったり、釣りたてのグルクンの唐揚げを銜《くわ》えたり、ミルク酒が胃壁を白く塗りあげると、身体は夢うつつのまま空高く宙に舞い上がる。

池間島最高の御嶽であるナナムイの空から俯瞰する三つの「ミャークヅツ」のクイチャーは、同祖の民の要から放射される。池間島を祖として、佐良浜、西原のクイチャーが時計回りに同じ回転体となる。

三つの集落の間にある見えない歯車が連結し、回転をし始めているかのようだ。黒い背広を身にまとい正装で踊る西原の「ミャークヅツ」のクイチャーは、厳かな奉納の時でもある。踊りと背広姿がとてもいい。カツオ漁は背広姿では働けないのだと勝手に夢想のうつつとなる。

空から眺める同祖の民の祭祀が結ばれていく。

無造作に見え、慣れないと踊れそうもない六拍子のようなクイチャーのリズムは、大競演となっても抑制の利いた躍動感に満ち、羽目を外すことはない。輪になって回転する踊りが身体の空を押し広げ大地を踏み固める。

同心円をもつ強い共同体の踊りは個々の身体に安堵感を与え、そのリズムは集中性と解放感をもたらしていく。

ミルク酒の白が溶け始めると、遊覧飛行をしていた身体は海面すれすれに着水。

伊良部島の佐良浜漁港が見えてきた。港の背後の斜面に、衝立のように迎える佐良浜の集落が横に延びている。木造のポンポン船が黒い煙をなびかせながら出港する。エメラルドグリーンに浮かぶ異国のような町並みが海風を吸い込んでいる。分村した三つの集落は、「ミャークヅツ」でひとつになり、クイチャーのトライアングルは回転し続ける。

2014.9.

島々で生き続ける祭祀 ——八重山

時々、沖縄そばを食べたくなる。県外から訪れる人にも「沖縄そばは食べましたか？」の通りいっぺんのあいさつもウチアタイする。手早く出てきて、手早く食べる。庶民の食生活の柱でもあった。いつの頃か、凝ったカレーのように凝った沖縄そばも出てきて久しい。「すみませんお客さん、具は後で載せてください」「はい、分かりました」みたいな感じで。

「黒島さんは、黒島の人ですか？」「みんな、同じような質問をしてくるけど、僕は、小浜島出身です」と黒島さん。エーッ、通念の固定化や先入観はいけないと自粛する。

マンタの形状にも似た小浜島は山や水があり耕作地にも恵まれた島である。昔から米やサトウキビの生産地としても知られてきた。ＮＨＫのドラマ「ちゅらさん」の放映で一躍全国区になり観光客も増えたのである。

石垣島と西表島《いりおもてじま》の間にある小浜島は竹富島と黒島で三角形のように結ばれる。かつて小舟で四ヵ字（石垣市内）を往還した人たちも多い。少年時代には稲作を手伝いした際に、褒美として石垣市内に沖縄そばを食べに行くのが何よりの楽しみだったと黒島さんは語っていた。庶民の日常食の沖縄そばが島々の日常性ではなく晴れの食だったことは新鮮な驚きでもあった。島内にそば屋がないとなると、それは非日常性に反転するわけである。いつの頃までそうだったのかは定かではないが米やサトウキビの収穫期の後であったにちがいない。

１９８６年の宮良村史には「王府の政策により、村人の祭事は役人の厳しい統制のもとにおかれることになった。このようにして信仰行事は抑圧されたが、素朴な農民たちは夜間役人の目を逃れ、神の恵みを信じ、来夏世の豊穣《ほうじょう》を祈願して生産に励んできたのであった」（「宮良村史」宮良公民館発行）と述べられている。

過酷な条件の中で生き抜く村人たちにとって、豊穣祈願は必然でもあり、村人たちの家々を回り「天下泰平」「五穀豊穣」を祈願しながらエネルギーを分かち与える。原初的な舞や歌はすでに豊穣に向かって躍動する。

八重山の島々の豊年祭、数百年も続いた祭祀《さいし》は島々の村人たちと共にあり、生き続ける。逃れようのない島の共同体の内なる祭祀はニライカナイからの来訪神により守られ豊穣、長寿、健康、繁昌、豊作を授かり、希望の勇気を創り出していく。

島々の祭祀は、歴史的なものであり、現代社会の視線からだけだと、秘祭と呼ばれることもある。しかしながら外側から眼差されることは不必要だし、眼差そうとする行為も不必要であろう。

島々にとっては、外部との希薄な関係性が生み出した神々と対話する言葉であろう。そこには、なんでもかんでも納得、整理、区分けしようとしてきた近現代の盲点が見て取れる。

船や飛行機に乗れば、どこでも越境、侵入できるという認識はすべてに当てはまるとは限らない。その硬直しそうな思いを解凍してみると、別の世界が開けそうな気がする。

少年にとっての非日常性の沖縄そばは、晴れの舞台であった。それぞれの「場」が生み出す島々の豊年祭は非日常であり島中が晴れの舞台に染まり、来訪神に身をゆだねて過ぎ去っていく。

2018-8

インターナショナル貿易市場 ——与那国島

大海原を流れ出る黒潮に根をおく与那国島。日本最西端の島であり、日本の黒潮の出発点の島である。島から眺望する黒潮は、約110キロ西の海上に遠望する台湾との間を通り、沖縄諸島、奄美諸島を北上。トカラ海峡から太平洋へと抜け、九州、四国、伊豆諸島を流れ抜ける。

東西に延びる台地の島は、いくつもの地層と断層が、まるでパッチワークのように独特な風景を表している。西側の久部良岳と東側の宇良部岳が両眼のように突き出し、黒潮の海流を見つめている。久部良岳の近くには久部良集落や漁港、宇良部岳の北側には祖内の集落と祖内港がティンダハンに守られている。海の彼方から現れる来訪者たちを持ち望んだ歴史は、アダンの草履の物語と重なり、巨大な草履が巨人の棲む島となり未知のマレビトたちから島を守る。大きなヨナグニサンと、巨体の女傑、サンアイ・イソバの伝説。

自然の作用が生み出してきた断層崖や奇岩や奇石たち。苛酷な歴史に残る「人頭税」や「クブラバリ」の島は、伝統ある美しい「与那国花織」を生み出し続ける。

農業の島は、黒潮の海流が育む海の宝庫でもあった。島の近海は本土からのカツオ船も群れとなす漁場である。銀色に輝くカツオは宙を乱舞し、漁場は陸地から見える近距離にある。1000キロの遠距離航海の漁船もやってきて、島の恩恵を受けていた。1900年代の初め頃、島内にカツオ節工場ができると、他の島々からの出稼ぎも増え、島は活気に満ちた。日本の統治下にあった台湾との交流も深く、さまざまな物資の売り買いがなされた市場であった。台湾は出稼ぎや学業の場であり、修学旅行地でもある隣の大きな島といったところ。

去る大戦の敗戦により、黒潮の共同体の海に1本の国境が生まれた。1960年代のラジオから流れる「出船入船・港便り」の、船の揺れにも似たあのゆったりとした声「○○丸、○○時、キールン（基隆）からイシガキ、ヒララ経由泊港へ」のような響きが、いまだに耳の奥で呟いている。

その声に引かれて、それから数年後、キールンの港に着いた。ラジオの声は現実の風景となって眼前に広がった。新旧混在した巨大な港町には、市場や人々、騒音、看板、鉄さび、いろいろなモノが溢れていた。軽やかな響きの「キールン」の風景は、想像を超えて大都会だった。細長い港に佇み、市場で買った塩茹でのエビを食べていると、夢うつつのまま、敗戦直後の与那国島に着いた。

久部良港はさまざまな物資を積んだ船の往来で、自由貿易港の様相だ。3000人前後だった島の人口は瞬く間に5倍を超え、1万5000人以上に膨れ上がっている。敗戦直後の空白の時間の島は、歴史的な地の利を生かした〝ニュートラル貿易市場（造語）〟となった。

台湾からの食料品や本土からの日用雑貨、沖縄本島からの米軍の横流れ品など、モノや人で小さな町の道は昼も夜も大賑わいとなる。いろいろな言語や島々の方言が物資を交えて飛び交っている。

交易範囲は拡大し、与那国・インターナショナルの貿易市場は5年間走り続ける。「どなん」の花酒が濃縮された市場のエネルギーのようだ。波《なん》多浜《たはま》に寝そべっていると、「どなん　すんかに」の哀調を帯びた歌が島から大海原へと夢を運ぶように、ラジオから流れる「港便り」は他の港へとつながる。

1964年の東京オリンピックは、沖縄本島まで開通したマイクロ回線により、本島ではテレビ観戦ができた。同時期、最西端の与那国島では、地元の人の技術とアイデアにより、近距離にある台湾のテレビの電波・サマリー放送を受信し、島の電気店の前は人だかりとなった。

*「たびがひや　てるてだんど　あびさるよ……」、口ずさみながら泊港行きの出船入船となった。

＊旅の日は　照る太陽が　美しい（与那国島の民謡より）

2014.10
Roselle.K

あとがき

無意識化された風景を掬い上げる
いにしえは未来でもある

75年前の去る大戦で沖縄は戦場となり多くの命と原風景を失った。

戦争を結節点にして戦前と戦後の風景は突然変異のように激変し、風景の連続性は失われた。私は戦争を知らない戦後の団塊世代であるが、沖縄の団塊世代は１９５１年頃までとされる。50年代半ばの戦後の復興期の風景が意識された原風景のはじまりである。

本籍地の首里や那覇の市街地は去る大戦において、多くの犠牲者をだし、街は廃墟と化した。戦後の那覇の街は廃墟からの復興でもある。米軍の統治下にあった市街地は、段階的にエリア毎に開放されていった。

１９４５年の「壺屋」を皮切りに、牧志、開南、神里原一帯から戦前の旧市街地へと。那覇の街は切り取られ、パッチワークのようにコラージュされ、ラビリンスのような街になった。

街中の路地や荒れ果てた野山が子どもたちの遊び場だった。無造作に路地に増殖していく民家に市場や映画館が戦後の原風景として増殖していった。

手りゅう弾を磨いてボール代わりに、キャッチボールをしていた少年たちもいた。それらの不発弾は今でも地中に眠って起きている。

ある日、那覇の崇元寺から十貫瀬辺りの道を歩いている時、ふと足元の地中には５００年以上前の古に完成した石造の海中道路「長虹堤」が通っていたことを想起した。今も地中にあり、眠っている「長虹堤」は、琉球王国時代の１４００年代の半ば頃、尚金福王が国相の懐機に命じて完成させた。

琉球ブームの時代に葛飾北斎が描いた琉球八景の一つに「長虹秋霽」がある。

１７５６年に来琉した中国の冊封使・周煌が著した『琉球国志略』の挿絵「球陽八景図」を参照に描いて着色したとされる。

今も地中にある「長虹堤」を掘り起こし露出させることは困難なので、約５００年前の「長虹堤」のわりとリアルな鳥瞰図の水彩画を描いた。北斎のディフォルメされた浮世絵に触発され、リアルな鳥瞰図の水彩画を描いた。身体がいにしえの風景に滑り込んでいくような気持ちになり言葉を紡いでいった。

定着された歴史の風景のひとコマのその内側に一歩入ったような気がした。

実際には体験したことのない、その風景を想像しながら、自己の身体を歩かせてみると夢うつつになった。沈黙するいにしえを原風景として物語ってみる。視覚や知覚、記憶が共同性を帯びてくるような気がした。

今回の「よみがえる　沖縄風景詩」と題したエッセイ&水彩画は、沖縄の両新聞、琉球新報文化面、週刊かふう、沖縄タイムス文化面に連載された中から、28を選んで、中には補筆を加えたりして編纂《へんさん》しなおしたものである。

琉球の、沖縄の、島々に点在する消えそうな、あるいは、消えた風景の時空間を切り取って自立させることによって色めき立ち、前後左右へと道行をすると言葉が歩き始める。さらに表された水彩画も言葉も個別のモノとして浮遊するように思える。

描かれた水彩画の言葉ではなく、言葉のための水彩画でもなく。

「時間と場の遡行」をベースに、だれかが通り過ぎた風景やモノを切り取りながら歩いてみるとどこからともなく声が聞こえてくる。

言葉は水彩画の風景で蠢《うごめ》き、水彩画は言葉によって媒介される。個の幻想が共同体の幻想になるような気がする。置き忘れた風景にひそむ人やモノの影。追憶でも懐かしさだけでもなく、現在から将来への風景の展望の一つになるかもしれない。

出版するにあたり、掲載紙及び担当記者、新聞の読者の方々の反響に支えられて来ました。この場を借りて感謝致します。鈴木比佐雄氏に編集の泉を注いで頂きありがとうございます。

最後に私の文と絵の試みを深く読み取り序文を書いて下さった、浦添市に暮らす作家の又吉栄喜氏には心より御礼を申し上げます。

二〇二一年四月　ローゼル川田

著者略歴

ローゼル川田（ローゼル　かわた）

沖縄県那覇市首里生まれ。大阪市西成区（通称釜ヶ崎）の親戚宅にて学生時代はお世話になる。1971年大学卒業後、関西の建築アトリエ勤務、復帰後帰沖、設計アトリエ主宰。沖縄の新聞・雑誌に随筆と水彩画を掲載。

著書：『琉球風画帖—夢うつつ』水彩画＆エッセイ集（ボーダーインク）、詩集『廃墟の風』・『なんじゃ色の道』（あすら舎）、句集『アイビーんすかい』（アローブックス）。

所属：那覇商工会議所（設計エキスパート）、沖縄エッセイスト・クラブ（副会長）、俳句結社「WA」、詩誌「EKE」、詩誌「あすら」、各会員又は同人。

受賞歴：2012年第10回沖縄忌俳句大会 大賞受賞

石炭袋

ローゼル川田　随筆と水彩画『よみがえる沖縄風景詩』

2021年6月23日初版発行

著　者　　　ローゼル川田

編集・発行者　鈴木比佐雄

発行所　株式会社 コールサック社

〒173-0004　東京都板橋区板橋2-63-4-209

電話 03-5944-3258　FAX 03-5944-3238

suzuki@coal-sack.com　http://www.coal-sack.com

郵便振替　00180-4-741802

印刷管理　（株）コールサック社　制作部

装画　ローゼル川田　　　装幀　松本菜央

落丁本・乱丁本はお取り替えいたします。

ISBN978-4-86435-471-4　C1095　￥1800E